D1697212

Renata Bünter
Ich glaube eine Möwe.

Impressum

Die bibliografische Information der Deutschen Nationalbibliografie ist über www.d-nb.de abrufbar.

Bibliographic information published by
Die Deutsche Nationalbibliothek on www.d-nb.de.

© Renata Bünter, Bern · 2013

Herausgeber / Editor
Kommission für Kunst und Architektur des Kantons Bern

Verlag / Publisher
Stämpfli Verlag AG, Bern, www.staempfliverlag.com

Fotografien / Photos
David Aeby
Susanne Schneemann, Renata Bünter, Hans Rudolf Steiner

Übersetzung / Translation
Malcolm Green, Berlin

Gestaltung / Design
Agnes Weber, Weber & Partner, Bern

Druck / Printing
Stämpfli Publikationen AG, Bern

Printed in Switzerland

ISBN 978-3-7272-1156-0

Renata Bünter

Ich glaube eine Möwe.

Mit Beiträgen von
Ulrich Loock und Susanne Schneemann

Stämpfli Verlag

Der Ort

Ulrich Loock

Bei meinen Überlegungen zu den neueren Plastiken von Renata Bünter ignoriere ich nicht, dass es auch ein umfangreiches zeichnerisches Werk gibt und dass Texte, die Bünter auf einer alten elektrischen Schreibmaschine oder auch mit der Hand niederschreibt, gleichfalls zu dem Œuvre gehören. Manchmal bringt sie Zeichnungen und Schriften auf Materialstücken an, die in eine plastische Konstruktion eingefügt werden können. Auf der anderen Seite haben die Plastiken einen graphischen, den Zeichnungen und Schriften verwandten Zug. Stäbe, die den Raum durchschneiden, flache Materialstücke, die in der Art von Wand-, Boden- oder Deckenteilen in den Raum eingezogen sind, und dünne Folien, die wie kollabierte Zellwände innere von äusseren Zonen trennen, sind prägende Elemente. In den verschiedenen plastischen Formen lässt sich eine Entsprechung zu Strichen, ausgefüllten Flächen und chaotisch kurvigem Gekritzel auf Papier sehen – bemerkenswerterweise gehen Bünters Zeichnungen jedoch nicht auf dieses Repertoire zurück; oft sind ihre zeichnerischen Mittel noch einfacher, oft sind die meist kleinen Zeichnungen aus Punkten gebildet, die geduldig und selbstverloren nebeneinandergesetzt werden, bis eine Figur hervortritt. Die Plastiken als Einzeichnungen in den Raum anzusprechen, unterstreicht vor allem, dass es keine raumverdrängenden Körper sind. Manche von ihnen sind so filigran, dass sie wie die Materialisierung einer Energie anmuten.

Wenn der Gedanke eines durchlaufenden Graphismus, den verschiedene Realisierungsformen verkörpern, auch dabei hilft, den Zusammenhang des Œuvres zu sehen und einen bestimmten Charakter der plastischen Formulierung zu benennen, stelle ich dennoch die Diskussion der Plastiken selbst in den Vordergrund, um nicht Gefahr zu laufen, deren Besonderheit und Vielschichtigkeit zu vernachlässigen. Bei aller Fragilität, Zartheit und Durchlässigkeit für den Raum stehen die Plastiken[1] von Renata Bünter für sich – sie verbinden sich nicht mit der Landschaft oder der Architektur[2], sondern sind eindeutig von anderen Dingen des Raums abgegrenzt. Dabei ist der gegebene Bau das bedeutendste unter den «Dingen des Raums». Die Abgrenzung gegen die Architektur ist so entschieden, dass es schwerfällt, sich für einzelne Plastiken oder gar ein Ensemble von ihnen den «richtigen Ort» vorzustellen. Cum grano salis lässt sich sagen, sie könnten überall und nirgends einen Platz einnehmen. Damit erfüllen sie das Kriterium der nomadischen Verfassung von skulpturalen Werken der Moderne[3]. Nicht einmal die Tatsache, dass die Plastiken aus unterschiedlichen Materialien in flachen, unkörperlichen Formen zusammengesetzt sind und Farben eine überragende Bedeutung haben, verursacht besondere Probleme der Kategorisierung. So wie es zu keiner Vermischung mit den Dingen des Raums kommt, kommt es auch zu keinem Übergang zur Malerei.

---

1   Innerhalb dieses Artikels lasse ich mich auf keine terminologische Diskussion über «Plastik» und «Skulptur» ein, wenn ich auch den Begriff der Plastik für die Arbeiten von Renata Bünter bevorzuge, um anzuzeigen, dass sie sich additiven Prozessen verdanken.

2   Vgl. den viel zitierten Artikel von Rosalind Krauss, in dem sie ein «erweitertes Feld» für die Skulptur konzipiert, das nicht nur den autonomen Werken der Moderne Platz bietet, sondern auch (postmodernen) Werken, welche durch die Verbindung mit und von Landschaft und Architektur bestimmt sind, Rosalind Krauss, *Sculpture in the Expanded Field,* October No. 8, 1979.

3   Vgl. ibid.

In diesem Artikel gehe ich der Frage nach, welche besondere Stelle die Plastiken von Renata Bünter in der Kategorie «Skulptur der Moderne» einnehmen und was überhaupt ihr Ort ist, wenn sie überall und nirgends sein können.

Während die Plastiken nomadisch verfasst sind, zeichnet die meisten von ihnen die Nähe zum Boden aus. Nur wenige, kleinere Stücke werden auf einem Sockel präsentiert. Die anderen stehen nicht nur direkt auf dem Boden, sondern betonen diese Position, diese Berührung in besonderer Weise – die Ausdrücklichkeit der Beziehung der Plastiken zum Grund lässt sich als Indikator dafür nehmen, dass der Grund nicht mehr fraglos gegeben, sondern unsicher geworden ist. Bestimmte Plastiken stehen auf einer Vielzahl von Stäben, oder vier etwas breitere Brettchen berühren den Boden nur an jeweils einem Punkt, da sie schräg gestellt sind. Oder lange, leicht federnde Holzstreifen biegen sich über eine aufrecht stehende, rot bemalte Schaumstoffplatte und liegen mit ihrem fernen Ende leicht auf dem Untergrund auf. Vollends explizit aber wird die Beziehung zum Boden in verschiedenen horizontalen Arbeiten, die durch die Frage motiviert scheinen, wie sich etwas vom Boden abheben lässt – im ausdrücklichen Unterschied zur Bodenhaftung horizontaler Plastiken wie der von Carl Andre. Wie lassen sich fünf und noch einmal fünf liegende, fächerförmig angeordnete, blau gefärbte Stäbe anheben, wie lässt sich ein Hula-Hoop-Reifen vom Boden lüpfen? Im einen Fall ist die Antwort der Plastik: indem man das eine Ende der Stäbe an einem Doppel von Kanthölzern hochbindet. Im anderen Fall lautet sie: indem man in regelmässigen Abständen zusammengerolltes Packpapier um den Reif legt und es mit Bindfaden an ihm befestigt, als tanze der Reif auf achtzehn schwachen Doppelbeinen im Kreis. In beiden Fällen ergeben sich hauptsächliche Elemente der plastischen Konstellation aus Bünters Antwort auf die selbstgestellte Frage, wie der Erdbindung entgegenzuwirken sei. Anders gesagt, wird die Plastik konstruiert, als bestimme und legitimiere der Impuls gegen die Gravitation ihre Form.

Bünters Plastiken realisieren ihre nomadische Verfassung in der tastenden Suche nach einer Standfläche und dem gleichzeitigen Bestreben, den Boden zu verlassen. Vielleicht am deutlichsten verkörpert die Arbeit Meer von 1997 die Doppelnatur der nomadischen Plastik, ihre grundsuchende Bewegung auf den Boden zu und die aerophile Lösung von ihm, Ausdruck des modernen Überall und Nirgends. Die Arbeit besteht aus einer dünnen blauen Plastikfolie, die auseinandergewirbelt wird, um dann als faltig bewegtes, Luft einschliessendes Volumen in ein vorbereitetes rechteckiges Gatter gebettet zu werden. Da der pneumatische Körper mit der Zeit in sich zusammenfällt, muss die Folie täglich wieder aufgeschüttelt werden. Die Erde und der Himmel sind die Regionen, zwischen denen die Plastik hin- und herschwankt. Mit seiner Farbe gehört das Meer zum Himmel, mit seiner Materialität zur Erde – diese Ambivalenz der örtlichen Bindung durchzieht alle Arbeiten von Renata Bünter.

Der Begriff der Bricolage ist hilfreich, um das Prinzip von Bünters Materialverwendung zu bestimmen. Gemäss der berühmten Erläuterung von Claude Lévy-Strauss steht dem Bastler ein bestimmtes Projekt vor Augen, für dessen Verwirklichung er alle ihm zur Verfügung stehenden Mittel und Materialien einsetzt.[4] Dabei nimmt er weder ästhetische Rücksichten noch kümmert er sich um den ursprünglichen Verwendungszweck seiner Ressourcen. Auch Bünter verwendet heterogene Materialien in Funktionen, die weit von deren gewöhnlichem Gebrauch abweichen können: Gerolltes Papier trägt einen metallenen Reif, Schaumstoff wird mit einer Farbhaut überzogen oder mit Holzklötzen fixiert oder filziges, saugfähiges Haushaltpapier wird mit Gips versteift, um eine Kartenhausstruktur bilden zu können. Doch es fehlt die grundlegende Vorgabe eines umfassenden Projektes, an dessen Verwirk-

---

4 Vgl. Claude Lévy-Strauss, *Das wilde Denken*, Frankfurt am Main 1973 (= stw 14), S. 29 ff.

lichung zielgerichtet gearbeitet werden kann. Vielmehr hat die zu realisierende Plastik die Aufgabe, Eigenschaften des Materials zu manifestieren, die Bünter etwas bedeuten und die weit von den Erwartungen an herkömmliche Funktionalität abweichen können. Die plastische Konstruktion bringt besondere Qualitäten der Materialien unter der Bedingung zum Vorschein, dass diese der Plastik zur Existenz verhelfen. Diese Struktur wechselseitiger Konsequenz übersetzt die Unabhängigkeit des Werkes von externen Bedingungen – sein Nomadismus und seine Autonomie sind zusammenhängende Kriterien der Modernität.

Der scheinbar abwegige Gebrauch der Materialien hat seine eigene Logik, eine träumerische Richtigkeit. Bünter sammelt in ihrem Atelier Dinge, die für eine spätere Verwendung in Frage kommen. Bevor sie sich daranmacht, eine bestimmte Plastik zu realisieren, sorgt sie dafür, dass ihre Vorräte aufgefüllt sind. Wenn zu wenig Material vorhanden ist, geht sie dorthin, wo sie finden kann, was fehlt. Es soll viel Holz da sein, es soll viel Schaumstoff da sein. Wo Bünter sich mit Material eindeckt, ist es auch immer möglich, dass sie auf Dinge stösst, die unerwartet ihre Aufmerksamkeit auf sich ziehen und die sie ebenfalls mitnimmt. Freunde bringen ihr manchmal etwas, von dem sie annehmen, Bünter könne es gebrauchen. Ihre hauptsächliche Tätigkeit dann im Atelier kann man sich so vorstellen, dass sie Materialien hervornimmt, zu denen auch frühere, bis anhin missglückte Versuche, eine Plastik zu machen, gehören können, dass sie diese Materialien an geeigneter Stelle hinlegt oder -stellt, sie anschaut, umherbewegt, wieder verräumt, andere hervorholt, sie zusammensetzt, einzelne Teile bearbeitet, zum Beispiel ein Stück Schaumstoff mit einem Überzug von roter Farbe versieht, auf einem Stück Holz schreibt oder eine Zeichnung macht, all das ohne Plan und ohne Ziel, in einem Zustand «gleichschwebender Aufmerksamkeit», wie Sigmund Freud die unerlässliche Disposition des Analytikers im psychoanalytischen Prozess bezeichnet hat. Wenn man zu früh zu einer Scharfstellung der Aufmerksamkeit kommt und das dargebotene Material auswählt und ordnet, «ist man in der Gefahr, niemals etwas anderes zu finden, als man bereits weiss. (…) Die Regel für den Arzt lässt sich so aussprechen: Man halte alle bewussten Einwirkungen von seiner Merkfähigkeit ferne und überlasse sich völlig seinem ‹unbewussten Gedächtnisse›, oder rein technisch ausgedrückt: Man höre zu und kümmere sich nicht darum, ob man sich etwas merke.»[5] Bünter schaut, vielleicht aber hört sie auch oder erinnert sich. Sie selbst formuliert diesen Prozess so, dass sie das Material umkreist. Irgendwann wirklich eine Plastik zu machen, kann ganz schnell gehen, aber auch misslingen.

Es sind nicht sehr viele verschiedene Materialien, mit denen sie umgeht, und selten sind es zu eigentlichen Gegenständen verarbeitete Dinge. Dass eine Arbeit von 2003 ein Objekt wie einen Holzfuss, eine Passform aus einer orthopädischen Werkstatt, einschliesst, ist eine Ausnahme. Diejenigen Materialien aber, für die sie sich interessiert, kommen in unterschiedlichen Qualitäten, Farben und Abmessungen vor: Holz, Schaumstoff, Plastikfolie, Papier, Gips, Farbe, Schnüre und Bänder. Neben den taktilen Qualitäten der Dinge sind deren chromatische Eigenschaften wichtig – vor allem die dünne blaue Plastikfolie hat den Charakter eines Stückes beweglicher Farbe. Bünter achtet darauf, dass sie selbst ohne grossen Aufwand ihre Materialien trennen, einfärben und zusammenfügen kann. Verbindungen sind gewöhnlich nur so fest wie gerade nötig, um eine Konstruktion zu stabilisieren. Häufig werden die Dinge zusammengebunden oder ineinandergesteckt, manchmal nur aufeinandergelegt. Gelegentlich konstruiert Bünter besondere Vorrichtungen, um ein Element an seinem Platz zu

---

5 Sigmund Freud, *Ratschläge für den Arzt bei der psychoanalytischen Behandlung*, GW 8, Frankfurt am Main: S. Fischer Verlag 1990 (8°), S. 377 f.

halten, ohne eine feste Verbindung zu benötigen. In solchen Fällen bestimmt die Notwendigkeit der Fixierung die formale Ausprägung einer Plastik. Bei den einzelnen Plastiken ergänzt der Eindruck einer ephemeren Konstruktion die Fragilität der Materialien, aus denen sie besteht.

Gewöhnlich bezeugen die Plastiken Verhältnisse des Ausgleichs, die Bünter als ein Streben der Materialien selbst bezeichnet. Bei den Konstruktionen befolgt sie, «wie sich das Material zusammensucht»[6]. Verschiedene Dinge werden in einem einheitlichen Zusammenhang miteinander verbunden, ohne einem Anspruch auf Totalisierung zu gehorchen. Die Materialien brauchen einander, ihr neuer Zusammenhalt muss dennoch offen bleiben. Mehrere Arbeiten sind symmetrisch oder in der einen oder anderen Weise seriell organisiert. Die Beachtung von Prinzipien der Wiederholung und der Balance sorgt für die in sich ruhende Präsenz der Plastiken. Sie schliesst Unregelmässigkeiten und Abweichungen nicht aus, sondern lässt im Gegenteil jedes Moment der Differenz gegenüber einem Idealzustand der Beachtung wert erscheinen. Auch wenn Arbeiten stärker unregelmässig stukturiert sind, können sie gewöhnlich doch als «Gestalt» wahrgenommen werden, als die Figur einer differenzierten Ganzheit. Bünter hat von ihrem Wunsch gesprochen, ein Gegenüber zu schaffen, und in der Tat tragen manche Stücke anthropomorphe Züge. Dabei geht es nicht um das Ziel, das Abbild eines menschlichen Körper zu formen, sondern dessen allgemeine Form und dem Körper eigene Proportionen fungieren als Matrix, die es ermöglicht, das Chaos der heterogenen Materialien zu ordnen und Verbindungen des Nichtzusammengehörenden herzustellen.

Ausgleich wird auf jeder Ebene der plastischen Konstellation gesucht. Dem warmen, natürlichen Material Holz stellt Bünter synthetisches Schaumstoffmaterial gegenüber; die offene Form einer filigranen Konstruktion aus dünnen Stäben wird mit der geschlossenen Form einer wolkenförmigen, aus dünner Plastikfolie bestehenden Haube verbunden; der Kalt-warm-Kontrast bestimmt die Verbindung von rot gestrichenen Holzklötzen mit blauen Streifen von Schaumstoff; Schaumstoff wird mit einer Farbhaut überzogen, Materialverhältnisse überkreuzen sich mit Farbverhältnissen. Einen Ausgleich für die plastisch-chromatische Materialkonstruktion insgesamt findet Bünter in Texten, die sie mit einzelnen Plastiken verbindet. Auf einer Latte, die zu einer aussergewöhnlich komplexen Arbeit gehört, findet sich der Satz: «Die Frau mit dem hellblauen Schal ruft komm der Hund läuft sicher nicht davon Sie gehen auf die rote Fahne zu die». Die fehlenden Worte «im Wind weht» sind nicht mehr zu lesen, da die Latte mit dem betreffenden Ende in der tragenden Schaumstoffplatte steckt. Zu einer anderen Arbeit, einer Wand aus rot getränktem Schaumgummi und Bögen aus schmalen Leisten in derselben Farbe, gehört als Titel der Satz «auch hier wächst Glücksklee». In diesem Fall balanciert die Vorstellung von Grün, der Farbe des Klees, das starke Rot aus. Oder der Satz «ein wenig lärmt es noch nach» fügt der Plastik die Vorstellung eines sich verlierenden Tons hinzu. Die Texte öffen eine weitere Dimension der Plastiken. Sie sind nie dokumentarisch, sondern liefern ein neues, zusätzliches Bild und führen in eine andere Szene ein. Nicht alle Arbeiten aber bedürfen eines Titels oder ihnen gewidmeten Textes.

Alle Arbeiten von Bünter sind in sich differenziert und aus mehreren Teilen zusammengesetzt, es gibt keine unitären Gebilde. Oft aber umfassen die einzelnen Plastiken zwei Pole. Nur wenige Arbeiten bestehen aus mehr als zwei hauptsächlichen Einheiten. Bei den Kontrasten jedoch, die einen ausgeglichenen Zusammenhang von unterschiedlichen Elementen bilden, handelt es sich weder um polare Kontraste noch um Kontraste, die auf den Ebenen des Materials, der Form und der Farbe gleich-

---

6 Gespräch mit dem Autor vom 14. Mai 2012.

wertig sind. Alle einheitsbildenden Differenzen werden von Bünter mit grosser Finesse austariert. Als Niederschlag einer idiosynkratischen, ungeregelten ästhetischen Sensibilität erhalten die Plastiken ihre Besonderheit. Diese Sensibilität lässt zwar keinen gewaltsamen Bruch mit der gegenseitigen Anziehung der verschiedenen Elemente einer Plastik zu, sie erlaubt aber auch Momente gezügelter Gewaltsamkeit.

Die Beobachtung, dass die Kontrastverhältnisse der Plastiken ausserhalb eines Regelwerks bestimmt und gemäss einer Ästhetik des Ausgleichs im Einzelnen ausbalanciert werden, muss mit der Haltung «gleichschwebender Aufmerksamkeit» zusammen gedacht werden. Durch das «Umkreisen» des Materials und seine Integration in ephemere und fragile Plastiken gelingt es Bünter nicht nur, besondere Qualitäten der einzelnen Elemente zum Vorschein zu bringen, sondern auch Zugang zu verborgenen Inhalten der eigenen Psyche zu gewinnen. Dabei handelt es sich aber weniger um Momente eines individuellen Traumas, denen die Arbeit der Psychoanalyse gilt, sondern eher um Kindheitserinnerungen – nicht einmal besonders aussergewöhnliche oder problematische Erinnerungen, sondern eher einfache und allgemeine, damit auch mitteilbare Erinnerungen: die Erinnerung daran, in einer Schreinerei aufgewachsen zu sein, wo Hölzer mit Bleistift markiert wurden, wie sie es selbst tut, wenn sie Zeichnungen oder Texte auf Holzstücken anbringt; die Erinnerung an Tiere und die Weite der Landschaft. Der Umgang mit den Materialien in einer Haltung der «gleichschwebenden Aufmerksamkeit» gibt solchen Erinnerungen einen Ort, sie heften sich an die Materialien und werden mit diesen zusammen aufgesucht. Auf diese Weise gibt es keinen Widerspruch zwischen der oben bemerkten Autonomie der Plastiken, das heisst dem Zirkelschluss zwischen Materialqualitäten und plastischer Gestalt, und ihrer Referenzialität. Die Referenzen sind nicht mimetisch gebildet, sondern kommen durch Verhältnisse der Anbindung und Berührung zustande.

Solche Kopräsenz von Materialien und Erinnerung verhindert nicht die figürliche Anschauung von einzelnen Arbeiten. Aus fünf gleichen, rot gestrichenen Brettern zusammengesetzt, stellt *Rotes Tier* von 1997 dar, was der Titel angibt. In der Arbeit mit dem hinzugefügten Text «ein wenig lärmt es noch nach» lässt sich die von fünf Stäben durchstossene Schaumstoffplatte als die Fläche einer Landschaft sehen, die Fetzen blauen Plastiks auf den Enden der Stäbe als Wolken über dem Land. Oder es ist an einen Unterschlupf, an ein Kleid zu denken. Kürzlich hat Bünter einen Film fertiggestellt, der das präzise Bild einer Kindheitserinnerung entwirft. Was die Plastiken betrifft, ist aber die Erinnerung an eine Befindlichkeit und eine Wahrnehmungsverfassung, die Renata Bünters Kindheit geprägt hat, wichtiger als einzelne Inhalte. Sie erzählt, die ersten sieben Lebensjahre habe sie fast überhaupt nichts gesehen, bis sie schliesslich eine Brille bekommen habe und ihr schlagartig deutlich geworden sei, dass sich die Dinge ganz anders verhielten, als sie es bisher gemeint hatte. Schon früh muss es die Erinnerung an eine vorangehende Zeit gegeben haben, die nicht ohne weiteres mit den gegenwärtigen Wahrnehmungen zu verbinden war. Sie hat komische Sachen gemacht, hat andere Leute beobachtet, hat Tiere und Orte nicht so sehr visuell, sondern körperlich, gefühlsmässig wahrgenommen. In den Plastiken manifestiert sich die Erinnerung an einen Zustand der Schwebe und der Zwischenwelt, der aufgegebenen Kontrolle und fehlenden Zielorientierung.[7]

Es tritt die Erinnerung an eine einfache, ländliche Kindheit und ein Glück zutage, das Bünter nie ganz verlassen hat. Umgekehrt bilden diese Erinnerungen den Ort für die Plastiken.

---

7   Gespräch mit dem Autor vom 4. Juli 2012.

The Place

Ulrich Loock

While thinking about Renata Bünter's more recent sculptures I have not ignored the fact that she has produced a large body of drawings, and that texts, which she writes on an old electric typewriter or by hand, are likewise part of her œuvre. Sometimes she adds texts and drawings to bits of materials that can then be pieced into a sculptural construction. At the same time her sculptures have a graphic quality akin to the drawings and texts. Rods that transect the space, flat pieces of material that are inserted into the room like sections of a wall, ceiling or floor, and thin sheets of foil that separate inner from outer zones like collapsed cell walls – these are all salient features. One may find in the various sculptural forms she creates the equivalents to strokes, filled-in areas and chaotically curved scribbles on paper – although remarkably Bünter's actual drawings do not derive from this repertoire; often the means she employs in her drawings are far simpler, and frequently her mostly small drawings are made up of dots that she places – patiently and lost to the world – side by side until a figure appears. Talking of the sculptures as inscriptions in space underlines the fact that these are not bodies that impinge on space. Some have such a filigree form that they look like materialisations of energy.

Even if the idea of a general graphicism that is embodied by various realisations helps give the backdrop to her oeuvre and pinpoints a particular characteristic in the way she formulates her sculptures, I shall nevertheless focus on the sculptures themselves and thus try to avoid any risk of neglecting their specific quality and subtlety. For all their fragility, delicacy and spatial permeability, Renata Bünter's sculptures exist in their own right – they do not join up with the landscape or the architecture[1] but are clearly demarcated from the other things in the space. Whereby the building itself is the most important of these "things in the space". The demarcation from the architecture is so decisive that it is difficult to imagine the "right place" for any one sculpture, let alone a suite of them. Put rather loosely, one could say they could find their place anywhere and nowhere. And with that they meet the criterion of the nomadic condition that applies to works of modernist sculpture.[2] Neither the fact that the sculptures are pieced together from diverse materials in flat, incorporeal shapes, nor that colours are of outstanding importance, raises particular problems in categorising them. Just as they do not mingle with the things in the space, we find no overlap here with painting.

In the following I shall examine the question as to what position Renata Bünter's sculptures occupy within the category "modernist sculpture," and what in fact is their place if they can be anywhere and nowhere.

Although the sculptures have this nomadic quality, the majority distinguish themselves by their closeness to the floor. Only a few, smaller pieces are presented on pedestals. The others not only rest directly on the ground, but actually emphasise this position, this contact in a particular manner; the insistence of the sculptures' relation to the floor can be seen to indicate that the floor is no longer an unquestionable given, but has become uncertain. Some sculptures stand on a large numbers of rods, or

---

1 Cf. the much-quoted article by Rosalind Krauss, in which she conceives of an "expanded field" for sculpture that offers room not only to the autonomous works found in modernism, but also to (postmodernist) works which are determined by the connections they establish with and through landscape and architecture, Rosalind Krauss, *Sculpture in the Expanded Field*, October No. 8, 1979.

2 Cf. ibid.

four somewhat wider planks that touch the ground just at one point, for they have been set at an angle. Or long, slightly springy strips of wood bend out from a red painted block of foam rubber and lie at their distant tips on the ground. The relationship to the floor becomes totally explicit in a number of Bünter's horizontal pieces, which seem to be driven by the question of how something can be made to rise up from the ground – in direct contrast to the grip that horizontal sculptures like Carl Andre's have on the ground. How can five and yet another five recumbent, blue-painted rods arranged in a fan be raised up, how can a hula-hoop be teased from the floor? In one case the sculpturally implemented response is: tying the ends of the battens to a pair of square timbers. In another case: by placing rolls of wrapping paper at regular intervals around a hoop and tying them on with string, so that the hoop seems to be dancing on eighteen pairs of puny legs set in a circle. In both instances the central elements in the sculptural constellations come from Bünter's answer to the question she has set herself: how to counter the attachment to the ground. Put another way, the sculptures are constructed as if their form were determined and legitimated by the urge to defy gravity.

Bünter's sculptures achieve their nomadic condition through their halting search for a floor space and their simultaneous endeavour to leave the ground. Perhaps Meer [Sea] from 1997 provides the clearest embodiment of the twofold nature of the nomadic sculpture, its movement towards the floor, as if searching for a place, and its aerophilic release from it – an expression of the modernist anywhere and nowhere. The work consists of a thin blue plastic sheet which has been whirled apart only then to become embedded as a crumpled motile volume full of trapped air in a rectangular grid that was waiting for it. Since this pneumatic body begins to droop with time, the foil has to be given a fresh shake every day. The sculpture sways between the regions of the earth and the sky. In terms of colour the sea belongs to the sky, through its materiality to the earth – this ambivalence in locational ties runs through all of Renata Bünter's works.

The concept of bricolage is helpful for establishing the principle behind Bünter's use of materials. According to the famous explanation given by Claude Lévy-Strauss, the bricoleur envisages a particular project which he realises by using all the means and materials at his disposal.[3] To this end he pays no heed to aesthetics, nor does he bother about the original purpose of his resources. Bünter likewise enlists heterogeneous materials in functions that may deviate widely from their initial use: paper is rolled so as to support a metal hoop, foam rubber is coated with paint or affixed to wooden blocks, or felt-like, absorbent household paper is stiffened with plaster so as construct a kind of house of cards. But what is missing is an underlying plan for an overall project that can be realised purposively. Instead, the task of the sculpture that is to be realised is to manifest properties of the materials that mean something to Bünter, and which may well deviate far from the normal expectations of functionality. The sculptural construction brings special properties of the materials to light – on the condition that these help the sculpture come into being. This nexus of mutual dependence liberates the work from the surrounding conditions – its nomadism and its autonomy are interconnected criteria of modernity.

This seemingly wilful use of the materials has a logic of its own, an oneiric sense of correctness. Bünter collects things in her studio that might prove suitable for later. Before she sets about creating a sculpture, she makes sure her stocks are full. If she does not have enough material she goes and finds what she needs. There must be a lot of wood there, and a lot of foam rubber. Wherever Bünter stocks

---

3   Cf. Claude Lévy-Strauss, *The Savage Mind*, Chicago, 1966, p. 19 ff.

up, it is more than possible that she will chance upon things that unexpectedly catch her eye and will also take them with her. Friends sometimes bring her things which they think she might need. So her main activity in the studio can be pictured as taking out materials – which may also include attempts to make a sculpture which till now has remained a failure – placing or spreading out these materials at a suitable spot, looking at them, moving them about, clearing them away, fetching others, piecing them together, working individual parts, such as by coating a piece of foam rubber with red paint, or writing or doing a drawing on a piece of wood, without any plan or aim. And all the while in a state of "evenly-suspended attention," as Sigmund Freud designated the requisite mental state required by an analyst during the process of psychoanalysis. If (s)he is too quick to focus his or her attention and choose and arrange the material at hand, "he is in danger of never finding anything but what he already knows. (…) The rule for the doctor may be expressed: He should withhold all conscious influences from his capacity to attend, and give himself over completely to his 'unconscious memory'. Or, to put it purely in terms of technique: He should simply listen, and not bother about whether he is keeping anything in mind."[4] Bünter looks, but perhaps also listens, or recalls. She for her part describes herself in this process as circling the material. At some point the actual making of a sculpture may happen very quickly, but it may also misfire.

She does not actually use that many different materials, and rarely things that have been worked into proper objects. It is the exception when, for instance, one of her works from 2003 includes a wooden foot, a mould from an orthopaedic shoe-maker's. But those materials in which she is really interested come in various qualities, colours and dimensions: wood, foam rubber, plastic foil, paper, plaster, paint, cords and tapes. Apart from their tactile qualities, their chromatic properties are important – above all the thin blue plastic sheeting is like a length of mobile colour. Bünter makes sure she can take her materials apart, colour them and put them back together without too much effort. The bonds are normally only as strong as is necessary to lend stability to a construction. Often the objects are tied together or inserted into each other, sometimes simply piled up. Occasionally Bünter creates special devices to hold an element in place, one that doesn't involve any permanent connection. In such cases the need to fix the elements determines the formal cast of a sculpture. With the individual sculptures, the impression of an ephemeral construction complements the fragility of the materials from which it is made.

Usually the sculptures develop correlative relationships, which Bünter sees as a tendency in the materials themselves. She abides in her constructions by "the way the materials find each other"[5]. Diverse things are linked up in a unitary context, without obeying any claim to totalisation. The materials need each other, but their new sense of cohesion must nevertheless remain open. A number of works are symmetrical or have in one way or another a serial organisation. By observing principles of repetition and balance, the sculptures assume a presence marked by inner repose. This does not disallow irregularities and deviations, but on the contrary, makes every shade of difference from the ideal state seem worthy of attention. Even when works include a greater irregularity in their structures, they can normally be perceived as a "gestalt", as a differentiated whole. Bünter has spoken of her desire to create a counterpart, and some of the pieces do indeed have anthropomorphic traits. Not that she aims at all

---

4   Sigmund Freud, *Recommendations to Physicians Practising Psycho-Analysis* (1912), The Standard Edition, vol. XII, trans J. Strachey, 1958, Hogarth Press, London, pp. 111–112

5   Conversation with the author on 14 May 2012.

to depict a human form; rather, the general shape and proportions of a person's physique provide a matrix that allows the chaos of the heterogeneous materials to be arranged and links to be created between disparate materials.

Equilibrium is sought on every level of the sculpture. Bünter juxtaposes wood – as a warm, natural material – with synthetic foam; the open form of a filigree construction of fine rods is linked with the closed form of a cloud-like hood made of thin plastic sheeting; the contrast between warm and cold informs the red-painted wooden blocks with their blue stripes made of foam rubber; foam rubber is covered with a coat of paint, and relations between materials are married with those between colours. Bünter finds a balance for the sculptural-chromatic constellations as a whole in texts that she combines with the individual sculptures. On a batten that is part of an exceptionally complex work we find the sentence: "The woman with the light blue scarf shouts come the dog will certainly not walk away they go off to the red flag which". The missing words "flutters in the wind" can no longer be read because the batten has been inserted at that end into a supporting block of foam rubber. Another work – a wall made of foam rubber drenched in red, with arcs of slender battens done in the same colour – has as its title the phrase "the four-leaf clover grows here as well". In this case, the mental image of green, the colour of clover, balances the powerful red. Or the words "the noise lingers on gently" adds the image of a gradually fading sound to the sculpture. The texts open up a further dimension to the sculptures. They are never documentary, but provide instead an additional image and lead on to another scene. But not every work requires a title or a text dedicated specially to it.

Bünter's works all evince an inner differentiation and are pieced together from several parts; they do not have a uniform configuration. But often the sculptures encompass two poles. Only a few of the works consist of more than two main elements. Yet the contrasts that are created by the balanced connection between different elements are not polar in nature, nor are they of equal value across the levels of material, form and colour. All the differences that Bünter uses to create a unity are balanced out with enormous finesse. The sculptures receive their special quality as reflections of an idiosyncratic, unregulated aesthetic sensibility. Although this sensibility does not permit any violent break with the mutual attraction of the various elements in a sculpture, it does allow moments of controlled violence.

The observation that the contrasts in the sculptures are determined outside of any rule book, and balanced out on the individual level according to an aesthetic of equipoise, must be thought of in connection with Freud's "evenly-suspended attention". By "circling" the material and integrating it into ephemeral and fragile sculptures, Bünter not only manages to tease out special qualities from the individual elements, but also to access hidden matters in her own psyche. This has less to do with the facets of a personal trauma, such as psychoanalysis deals with, and more with childhood memories – not even particularly unusual or problematic memories, but rather simple and general memories which thus allow themselves to be conveyed: the memory of growing up in a joiner's shop, where lengths of wood were marked with pencil, just as she does when she adds drawings and texts to pieces of wood; the memory of animals and the open expanses of the countryside. The way she handles the materials with "evenly-suspended attention" gives memories of this kind a place, they cling to the materials and are encountered together with them. With that there is no contradiction between the autonomy of the sculptures mentioned earlier, which is to say the circular reasoning linking material qualities and sculptural form, and their referentiality. The references are not formed mimetically but are brought about rather through the acts of tying together and placing in contact.

This simultaneous presence of materials and memory does not disturb our contemplation of the figural aspect of individual works. Made up of five identical, red-painted planks, *Rotes Tier* [Red Animal] from 1997 shows precisely what the title says. In the piece with the text "the noise lingers on gently," the sheet of foam rubber transfixed by five staves can be seen as a landscape, with the tatters of blue plastic at the end of the staves as the clouds above. Or one is reminded of a hiding place, of a dress. Recently Bünter made a film which traces out an exact image of a childhood memory. As regards the sculptures, the memory of an inner state and frame of mind that shaped Renata Bünter's childhood is more important than the specific details. She says that during the first seven years of her life she saw almost nothing whatsoever, until one day she was given a pair of glasses and all at once it was clear to her that things act quite differently to the way she had assumed. She must already have had memories of a preceding time at an early age – memories that could not immediately be connected with her perceptions of the present. She got up to odd things, observed people, took in animals and places not so much visually as physically, with her feelings. Manifested in her sculptures is the memory of a state of suspension and of a halfway world, of surrendered control and a goalless orientation.[6]

A memory emerges of a simple childhood in the country and a happiness that has never quite forsaken Bünter. And these memories by turn constitute the place for her sculptures.

---

6   Conversation with the author on 4 July 2012.

1 | ohne Titel | 2011

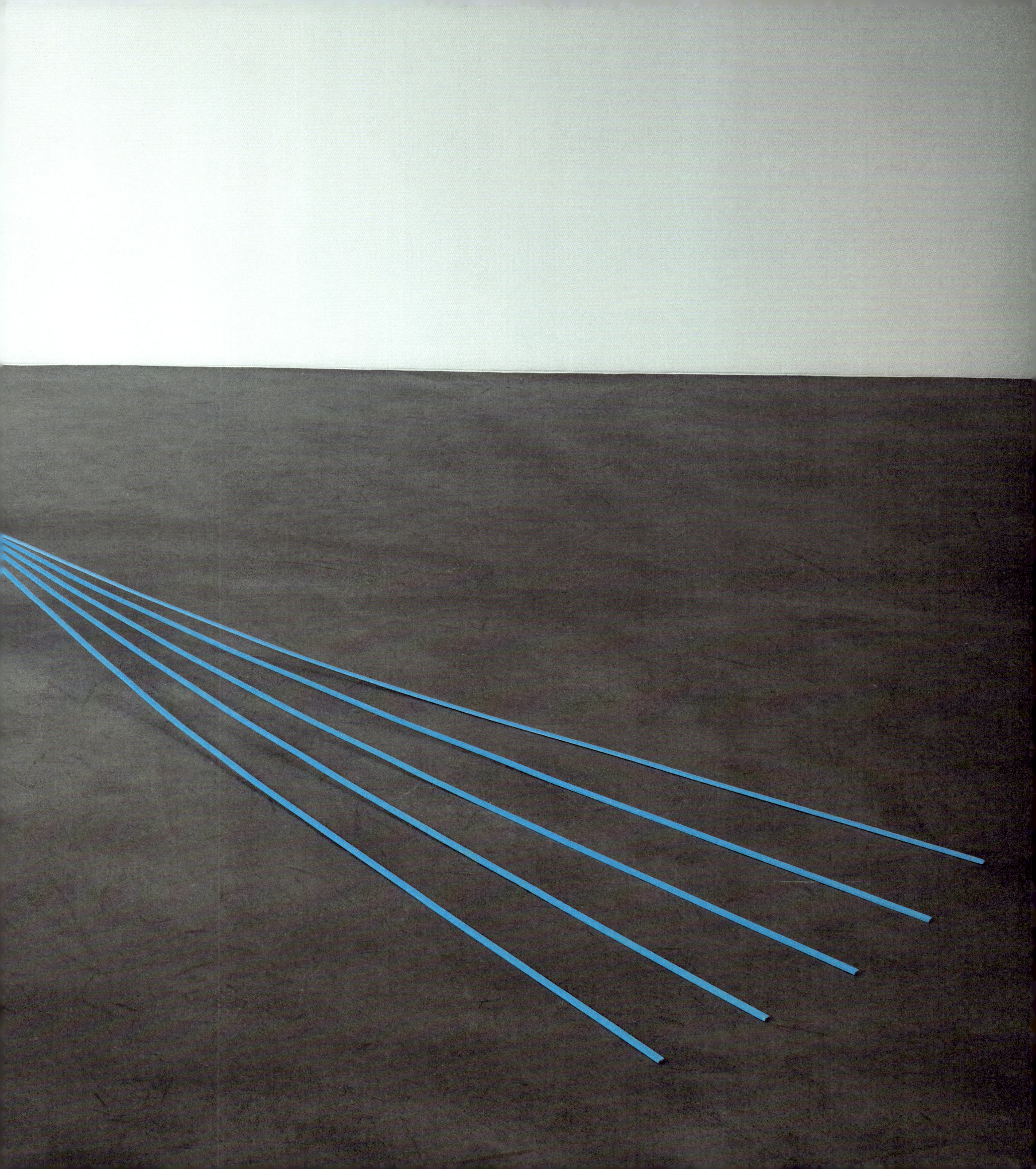

2 | Auch hier wächst Glücksklee | 2012

3 | Looping | 2001

4 | Zuerst Inseln, dann Berge | 2001

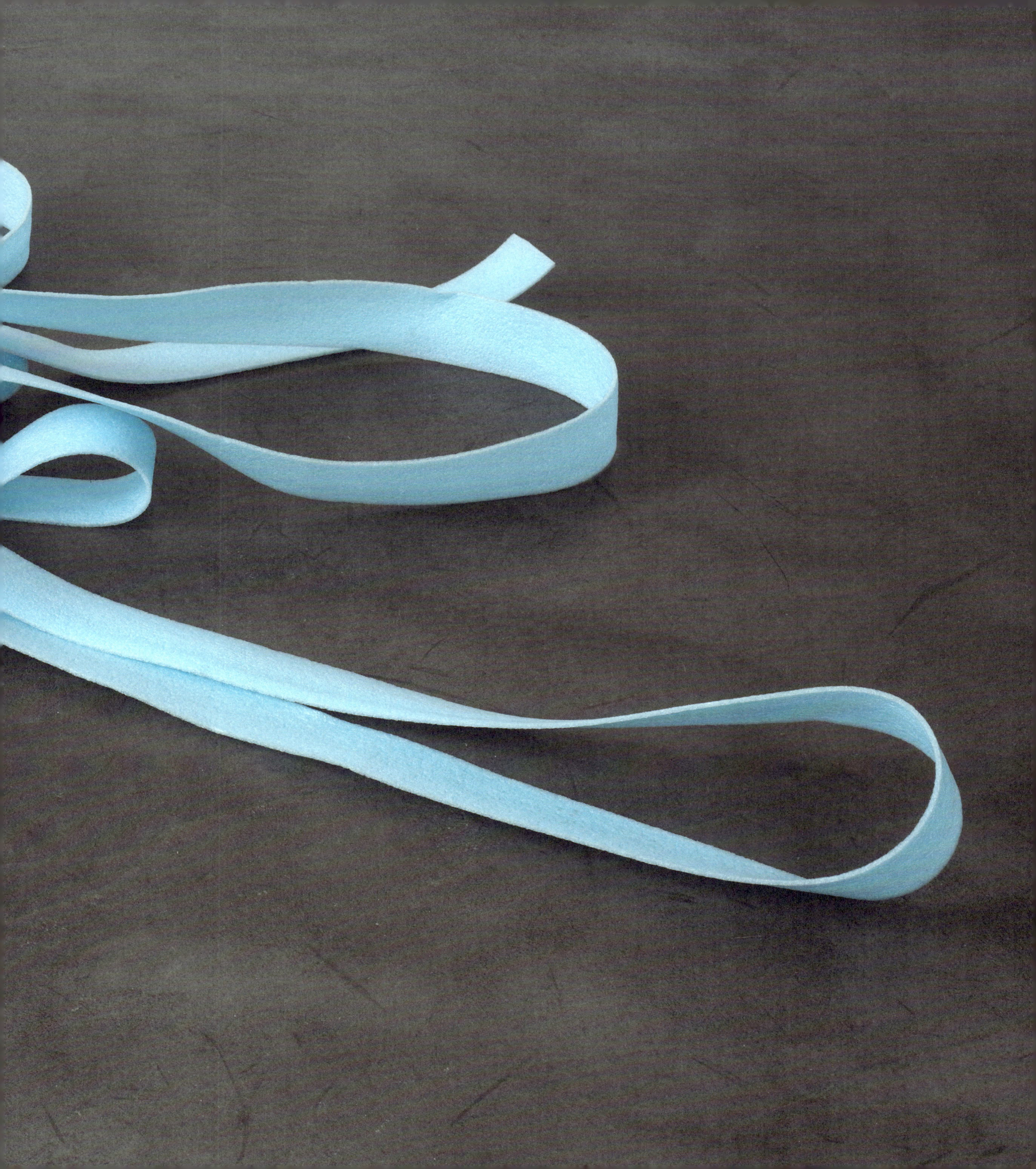

5 | ohne Titel | 2006

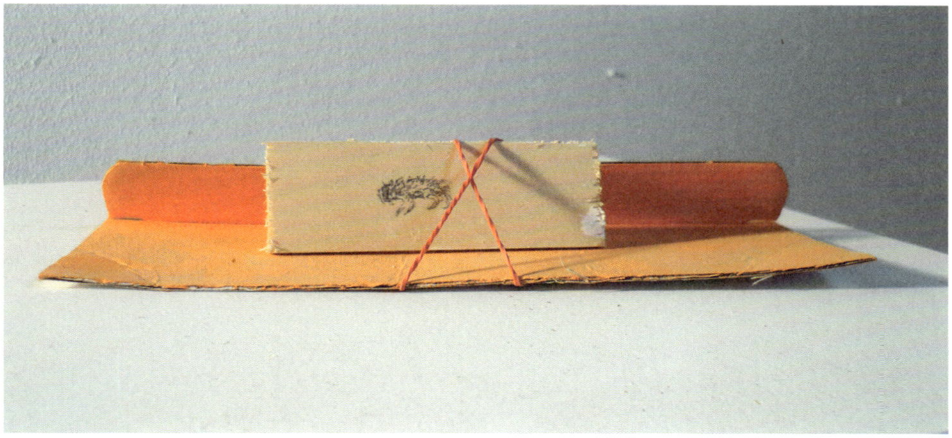

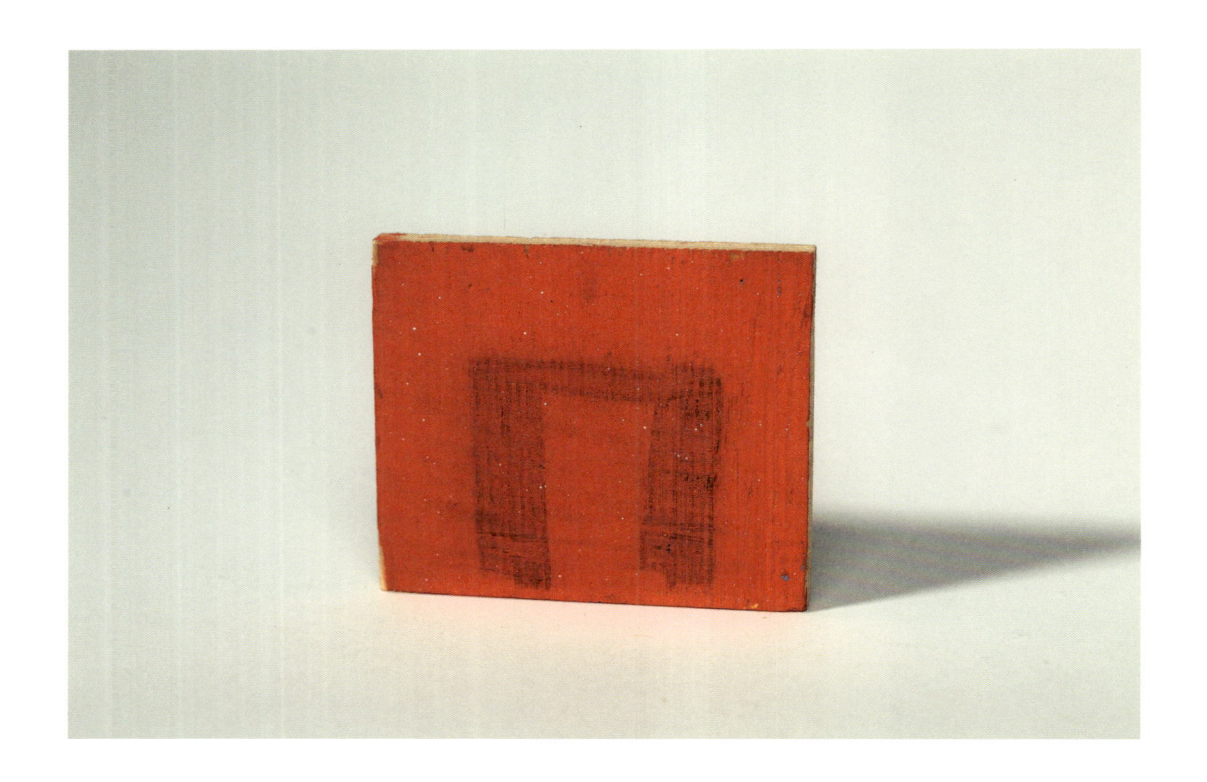

7 | ohne Titel | 2007

8 | ohne Titel | 2010

9 | ohne Titel | 2006

10 | Heute ist der Wind günstig | 2011

11 | Die Frau mit dem blauen ... | 2011

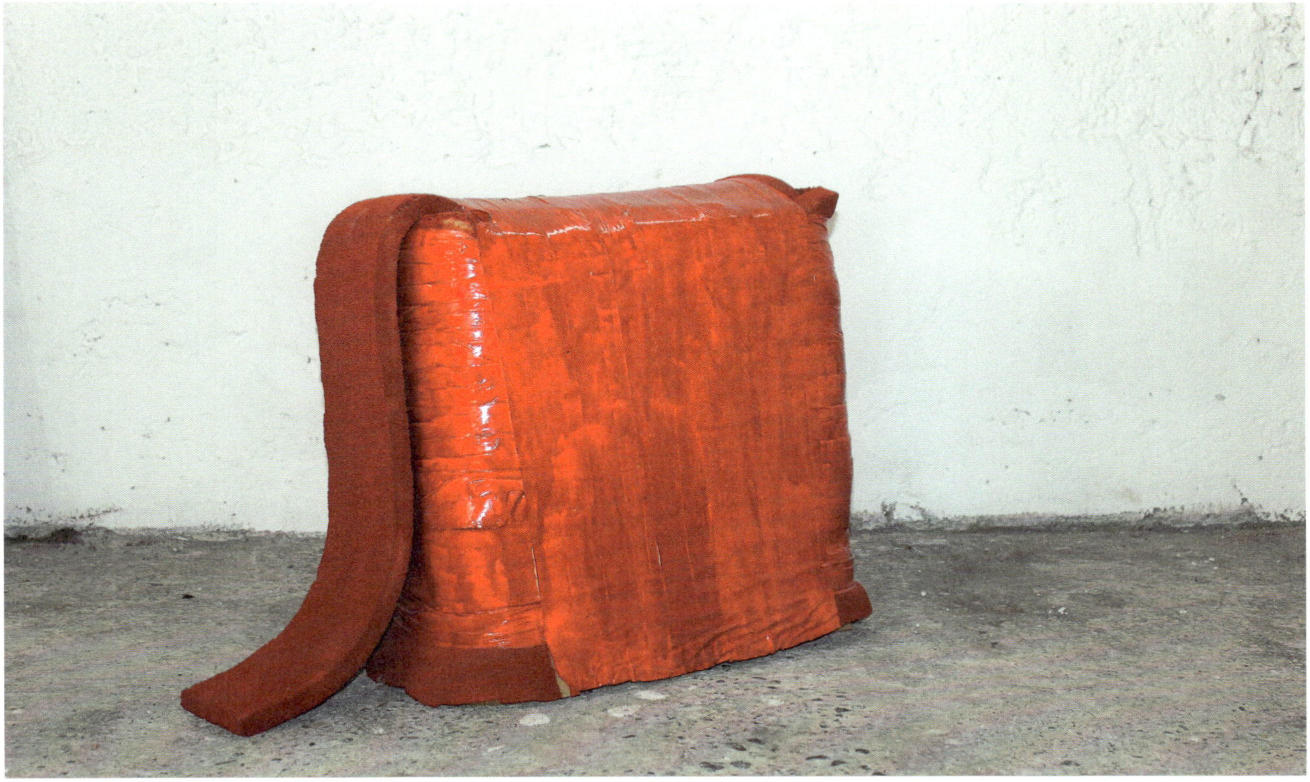

12 | elephant | 2008

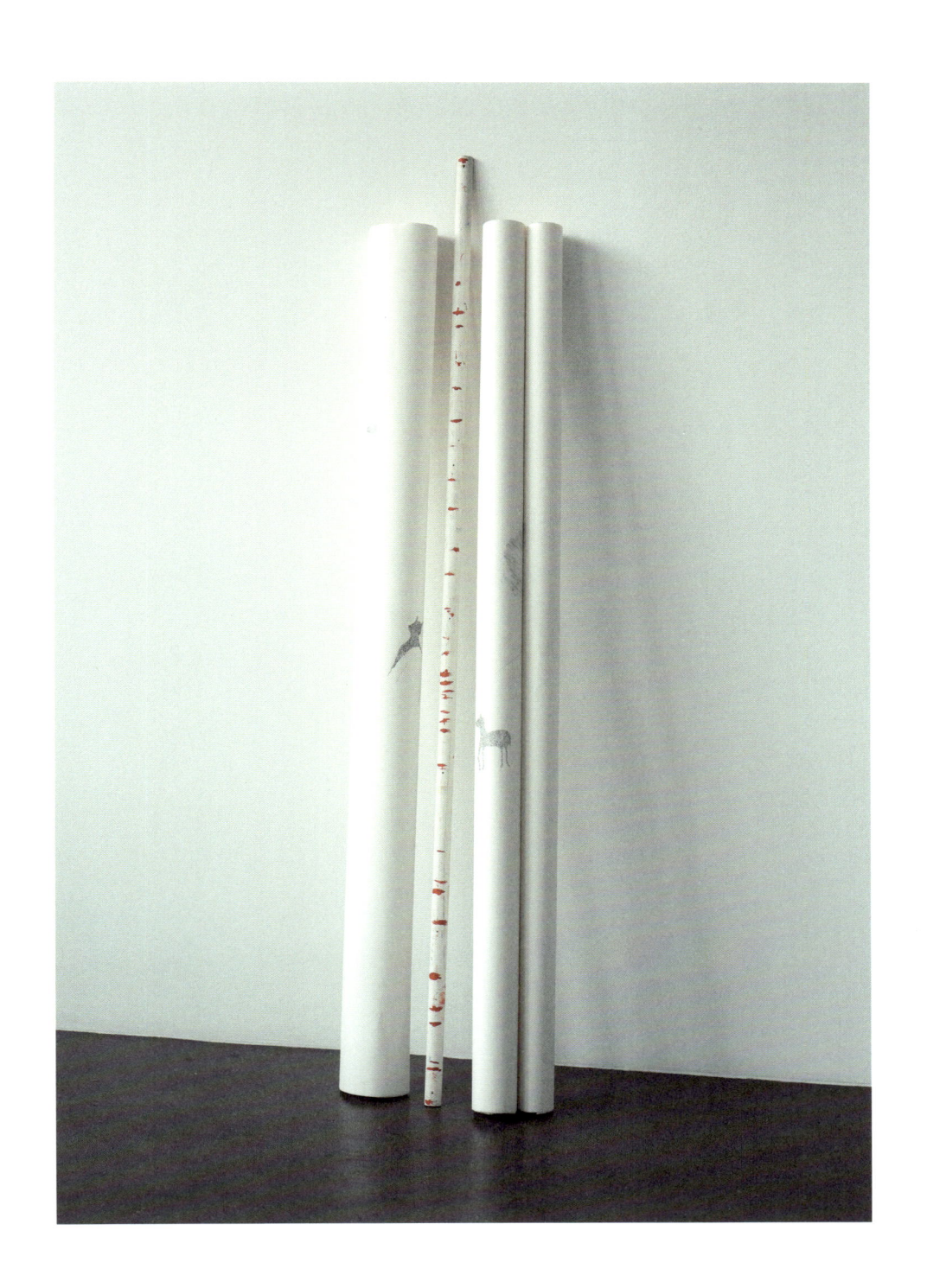

13 | ohne Titel | 2012

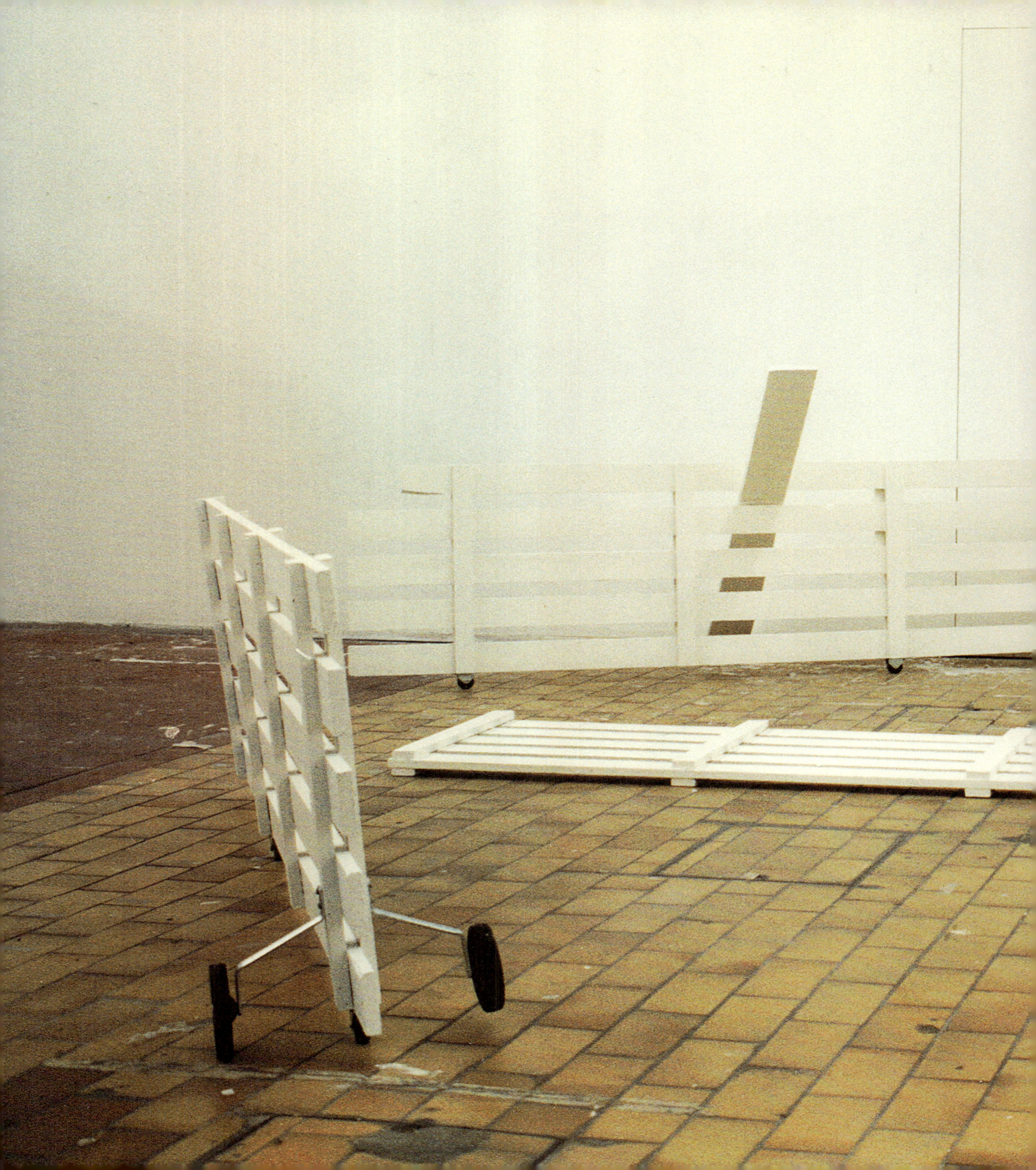

14 | ohne Titel | 1996

15 | Sie winkt. Und wieder die alten Gedanken | 1996

16 | Rotes Tier | 1997

17 | ein wenig lärmt es noch nach | 2007

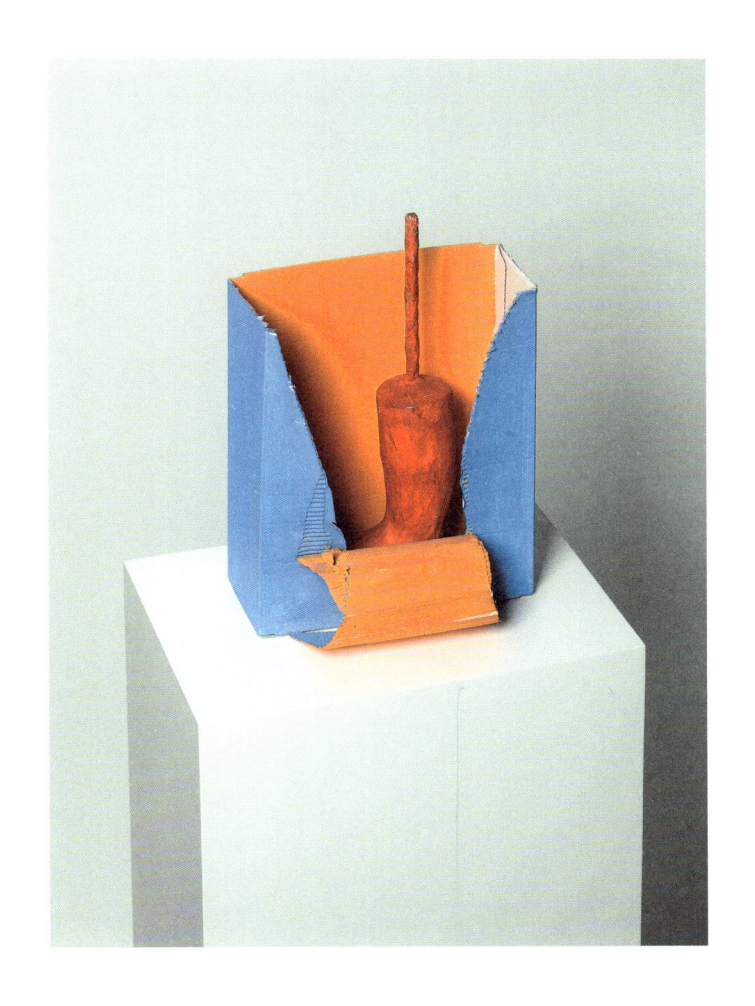

18 | ohne Titel | 2007

19 | Ich trank einen Schluck Wasser | 1998

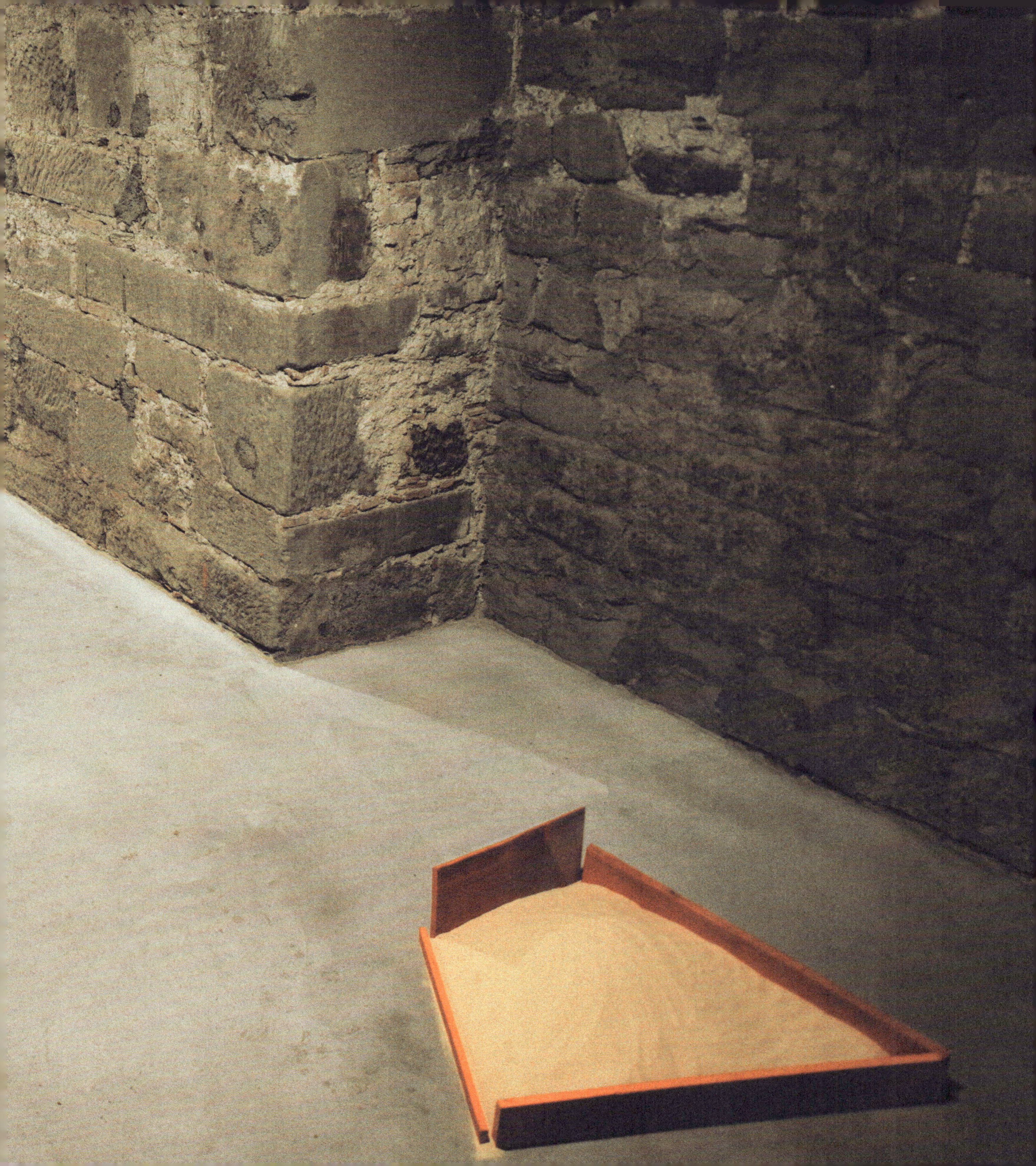

20 | ohne Titel | 1998

21 | Schiff | 1998

22 | ohne Titel | 1998

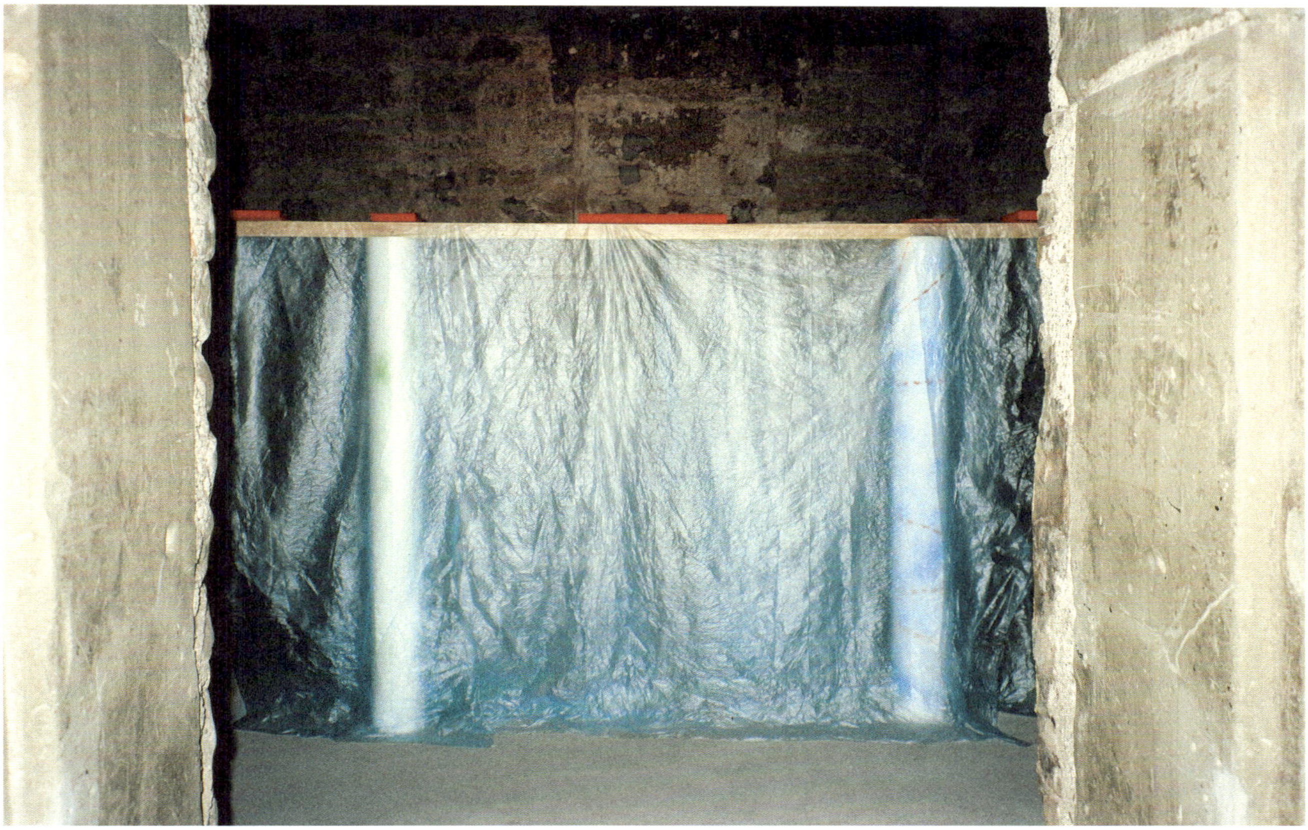

23 | Hast Du den blauen Vogel gesehen? Jetzt ist er weg. | 1997

24 | den Rehen ähnlich | 1998

25 | Video «Montag» | 2012

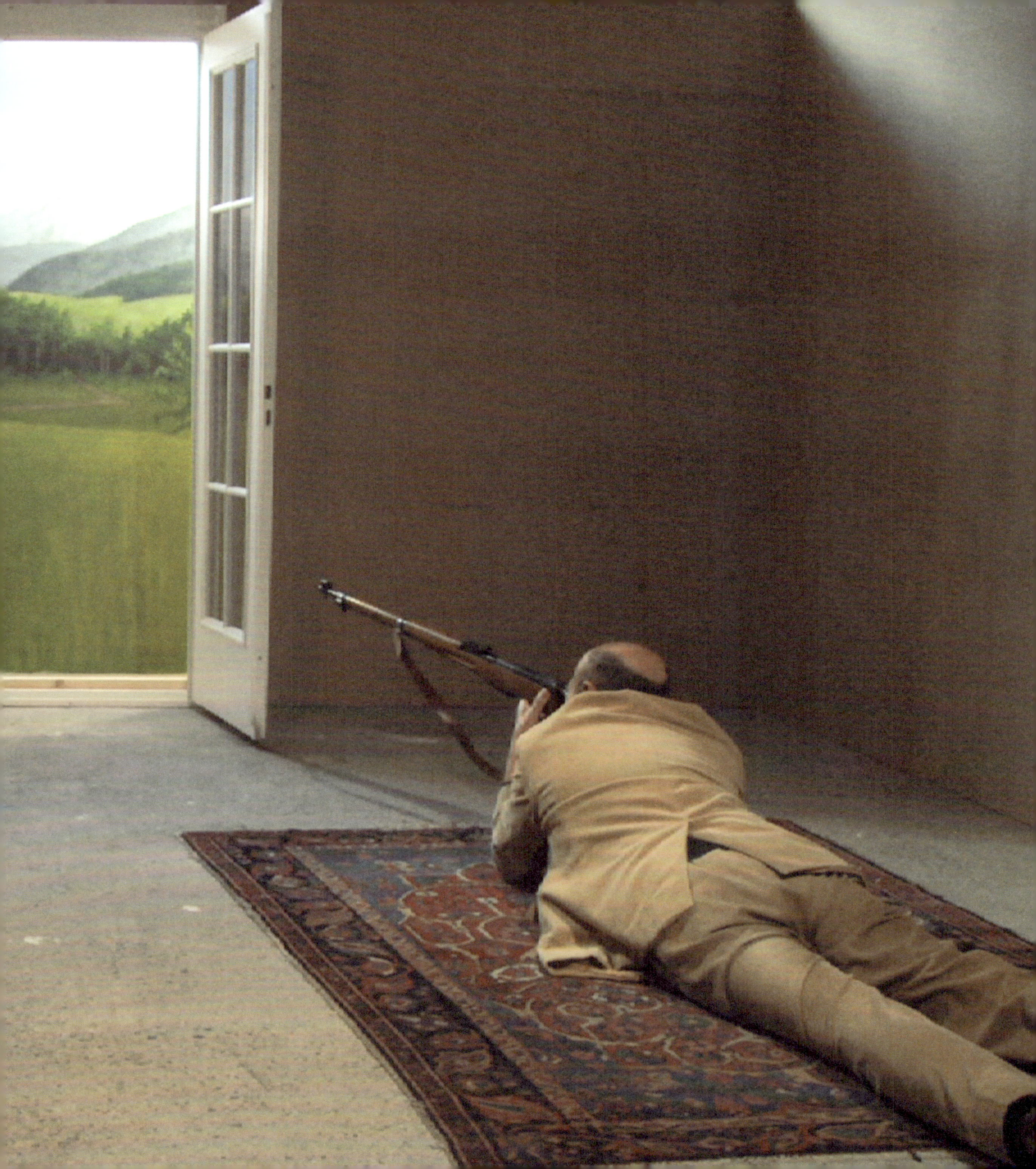

62

63

26 | Video «Martha die Magd» | 2011

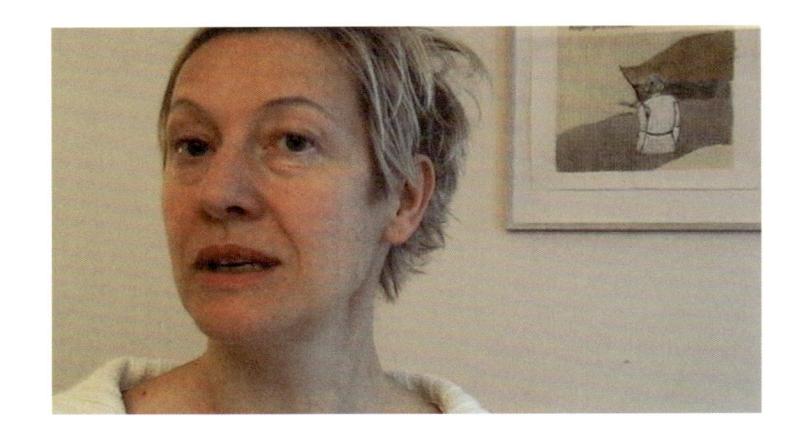

65

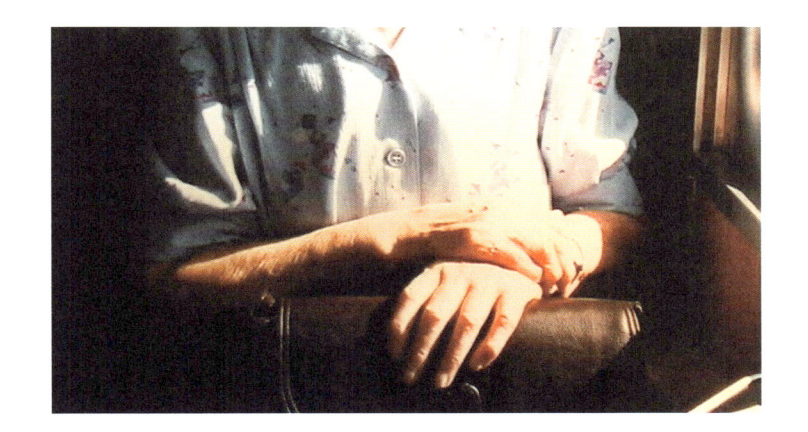

27 | ohne Titel | 2011

28 | ohne Titel | 2011

29 | M und J, 1 | 2011

30 | M und J, 2 | 2011

Lose aufgehängt mit einer Kurve im Bauch sind sie in der
Mitte aufgehängt, Rumpf seperat auf Krücken davangestellt.
 Er weint nicht immer.
 Und bald schuatzen sie Arm in Arm davon, immer den
Ufer entlang, wo sie mitquaken die Wörter zwischen den
Ohren hin und her fliegen ohne Pause, ab und zu vielleicht
 noch etwas Baumfarbe erwischt,
Das viel zu laute Zwitschernsegelt auch darum herum
 drehe ich ich karusselgeschwind
 Heute ist der Wind günstig.
 Wenn es regnet, ortet sich der Blinde Mann besser, ich/he
 b ir doch davon erzählt

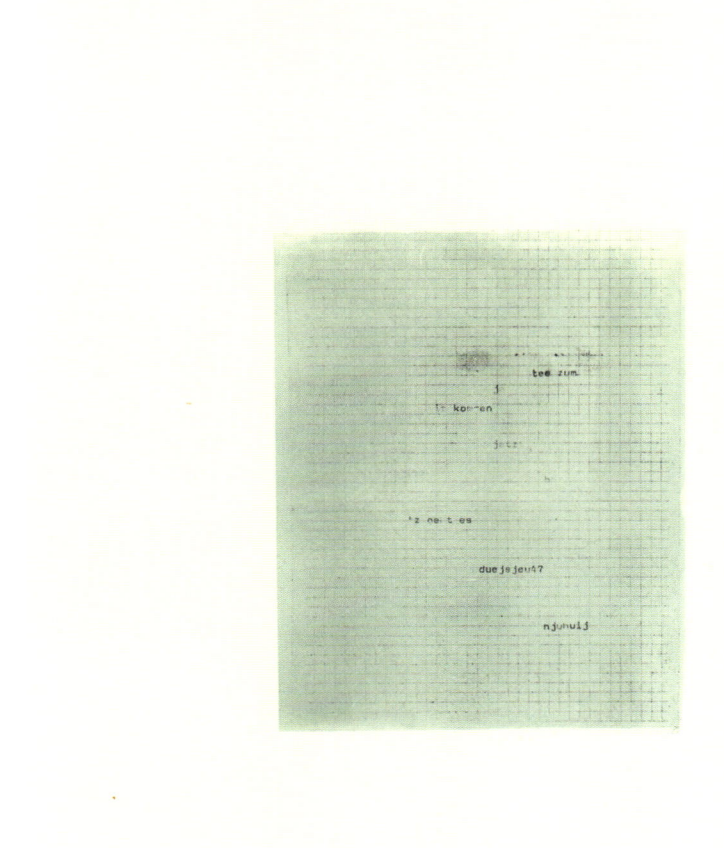

33 | ohne Titel | 2011

34-37 | face a face | 2010

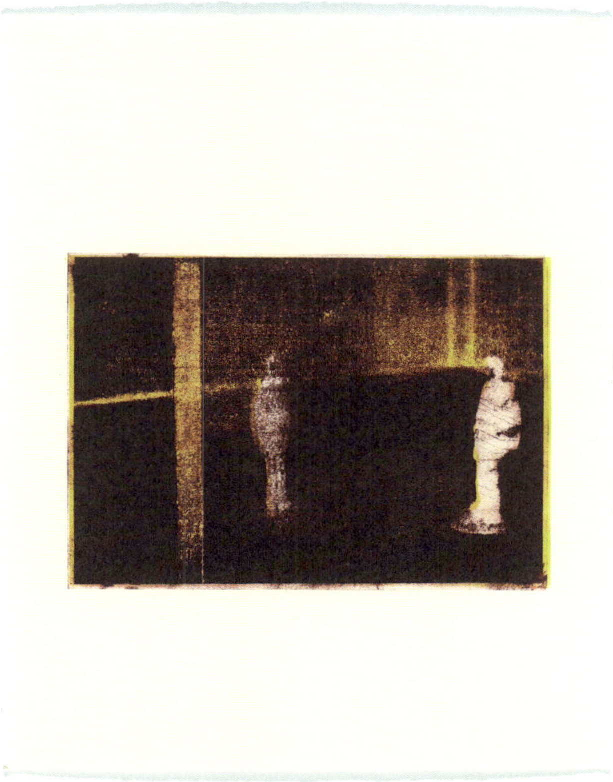

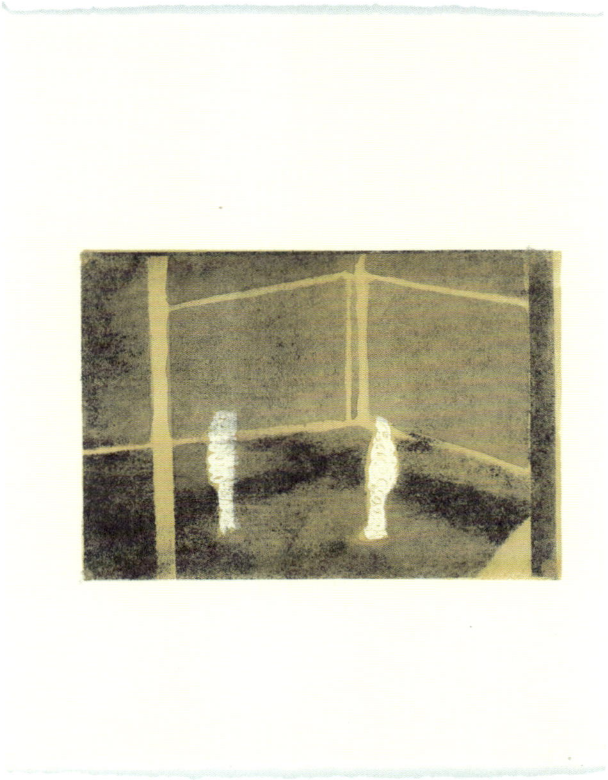

Sie schaut mich an und überlegt, steht auf und kommt.
Ueber ihm das Bild mit den Schiffen am Meer. Sie liest und greift sich ins Haar, dreht leicht den Kopf und hebt ihn gleichzeitig etwas an.
Blaues schimmert in den Haaren, während sie die Jacke noch im Gehen öffnet.

38 | ohne Titel | 2010

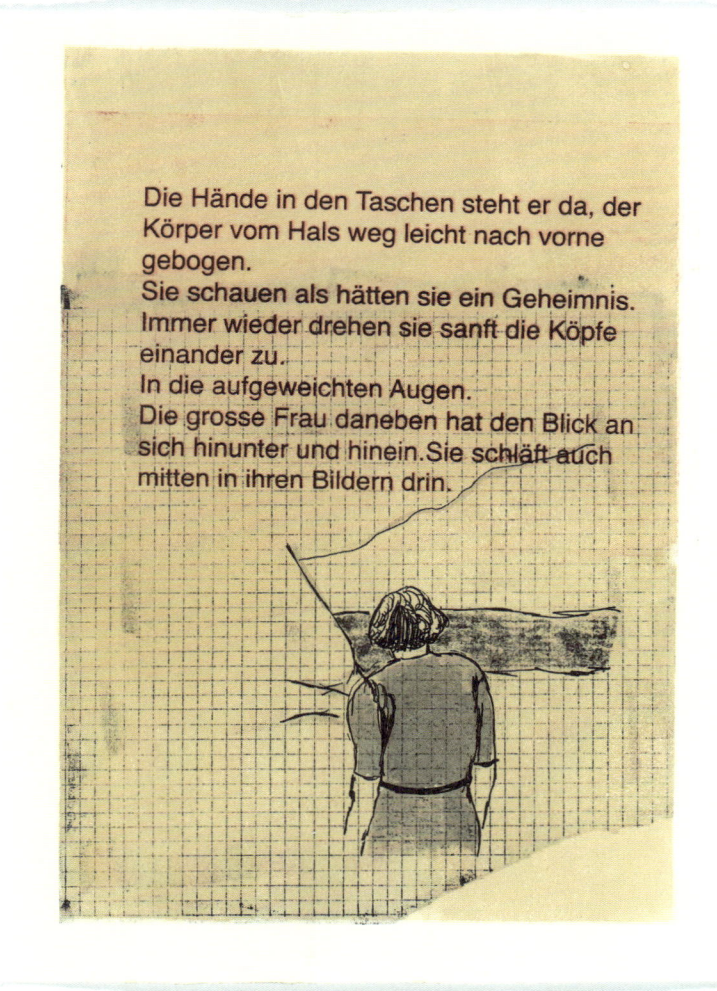

Die Hände in den Taschen steht er da, der
Körper vom Hals weg leicht nach vorne
gebogen.
Sie schauen als hätten sie ein Geheimnis.
Immer wieder drehen sie sanft die Köpfe
einander zu.
In die aufgeweichten Augen.
Die grosse Frau daneben hat den Blick an
sich hinunter und hinein. Sie schläft auch
mitten in ihren Bildern drin.

40 | ohne Titel | 2010

41 | ohne Titel | 2011

Susanne Schneemann

Ortstermin

Es beginnt mit dem Besuch im Atelier in Bern. In der Nähe eines stillgelegten Bahngleises, umgeben von maroden Industriebauten, verwinkelten Eingängen, unzugänglichen Rampen mit schwarz-gelben Signalstreifen, grauen Fassaden, bröckelndem Putz, führt eine Treppe hoch in den ersten Stock eines gesichtslosen Gebäudes. Hier ist es stockdunkel, nur aus den Augenwinkeln nehme ich einen ungeheuren Warenlift wahr, belastbar bis acht Tonnen. Hinter Holzverschlägen öffnet sich endlich ein grosser Raum mit weiss gestrichenen Wänden. Ein Fenster, so hoch oben angebracht, dass für die Öffnung eine Drehleiter notwendig wäre, erhellt dennoch das über drei Meter hohe Atelier. Matratzen lehnen dort und warten auf die Fertigstellung ihres begonnenen, knallroten Anstrichs, Kaffeefilter, in Gips getaucht, bilden ein stabiles Gefüge wider die Schwerkraft und die eigene Fragilität. Auf den Wänden erscheinen Zeichnungen, bestehend aus winzigen Pünktchen, die sich vor dem staunenden Auge zu Phantasiegestalten verdichten. Ist das ein Hase? Die Ohren sind unnatürlich gross, aber die Dimensionen stimmen – nein, es ist doch kein Hase, oder? Ich spaziere die Wand entlang und treffe auf eine gehörnte Figur. Das ist ein – dachte ich Teufel? Aber nein, es ist ja ein Tier, aber eine Kuh ist es sicher nicht.

Ich stehe im Atelier, und ich kenne diesen hoch aufgeladenen Topos des genuinen Produktionsortes der Kreativität nur zu gut und kann mich ihm doch nicht entziehen, denn vor mir ausgebreitet liegt eine Welt, die so bekannt und doch so fremd erscheint.

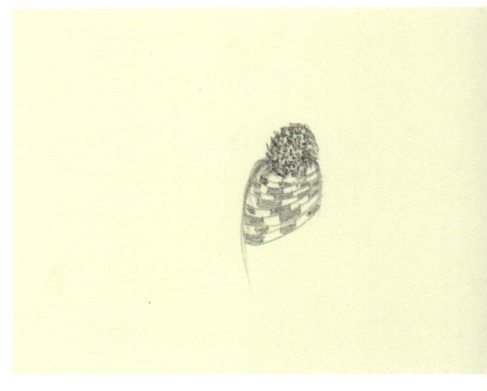

Abb. 1

Fenster

Charles Blanc gab in seiner *Grammaire des Arts du Dessin* der Zeichnung vor der Farbe den Vorzug: «Le dessin a cet autre avantage sur la couleur, que celle-ci est relative, tandis que la forme est absolue.»[1] Seine Unterscheidung zwischen dem weiblichen und dem männlichen Prinzip, das er der Malerei und der Zeichnung zuordnete, lässt sich heute nur historisch betrachten. Blanc ist dennoch an dieser Stelle von Interesse, weil sich die Wertschätzung der Zeichnung und ihrer «intellektuellen» Grundzüge bis heute festgeschrieben hat. Die Fähigkeit zu zeichnen galt bereits bei Giorgio Vasari als untrüglicher Beweis grossen Talentes[2] und stellt noch immer ein entscheidendes Aufnahmekriterium für das Kunststudium an den Kunsthochschulen dar. Sie ist dabei ein intimes Medium geblieben, ein Fenster, durch das wir glauben, dem Blick des Künstlers am unmittelbarsten folgen zu können, um zu erfahren, wie er die Welt sieht. Bünters zeichnerisches Werk umfasst rund 400 Blätter, die sie selbst grob in zwei Kategorien einteilt: die freie Skizze und die Konstruktionszeichnung zu den von ihr entwickelten Objekten.

---

1 *Charles Blanc, Grammaire des Arts du Dessin. Architecture, Sculpture, Peintre,* Paris: Renouard 1867, S. 22. Die Diskussion um den Rang von Zeichnung und Farbe beschreibt Claude-Henri Watelet ein Jahrhundert vorher in seinem Artikel «Dessin» in der Encyclopédie, vgl. *L'Encyclopédie ou Dictionnaire Raisonné des Sciences, des Arts et des Métiers,* hrsg. von Denis Diderot und Jean-Baptiste d'Alembert, Paris: 1751–1772, Nachdruck New York u. a.: Pergamon Press 1969, 5 Bde., hier Bd. 1, S. 937. Vgl. auch Oskar Bätschmann, «Zeichnen und Zeichnungen im 19. Jahrhundert», in: *Zeichnen ist Sehen. Meisterwerke von Ingres bis Cézanne aus dem Museum der Bildenden Künste Budapest und aus Schweizer Sammlungen,* Ausstellungskatalog Kunstmuseum Bern, 29.03.–02.06.1996 und Hamburger Kunsthalle, 05.07.–08.09.1996, S. 24–34.

2 Giorgio Vasari, *Lebensläufe der berühmtesten Maler, Bildhauer und Architekten,* Zürich 1974 [Giorgio Vasari, *Le vite de' più eccellenti pittori, cultori ed architettori,* 9 Bde, Florenz 1568].

Skizzen

Ein Paar Beine, die in der Luft hängen, schlafendes Kleinkind, Männerkopf mit Schiebermütze vor blühendem Strauch, sturmgepeitschte Palme, struppige Bürste, Objekte in Bewegung. Bleistift, Tusche oder Buntstift auf Papier, es sind die klassischen Materialien, die Bünter einsetzt. Welcher Ordnung folgen alle diese unterschiedlichen Motive, gibt es zusammenhängende Gruppen, Themenkomplexe, Erzählstrukturen? Oder bleibt nur die chronologische Ordnung mit oder ohne Implikation eines Entwicklungsgedanken?

Ich greife beschreibend zwei Skizzen heraus, um nach den Funktionen und Aufgaben der Darstellung jenseits ihrer semantischen Deutung zu fragen und um die Wirkungsweise, die mögliche Lesart der Zeichnungen zu verdeutlichen:

(Abb. 1) In der Bildmitte schauen wir auf die verwuschelten Haare einer kleinen Rückenfigur. Eingehüllt in ein grosses Tuch ist sie in Bewegung. In der für Bünter so typischen Manier entwickelt sich aus den gestrichelten Linien, der kleinteiligen Punktestruktur eine Gestalt. Die Rechtswendung des Kopfes, die dynamische Linienführung des hochgezogenen Schultertuches bilden die zeichnerischen Mittel, um das sinnliche Erlebnis einer bewegten Figur zu vermitteln. Das grafische Muster des umgehängten Tuches und seine perspektivisch getreulichen Verkürzungen unterstützen den Eindruck der Dynamik.

(Abb. 2) Drei Reihen grafische Elemente sind streng formal hintereinandergesetzt. Ihre abgerundeten Kanten erzeugen miteinander eine heftige Wellenbewegung, die verstärkt wird durch die gemeinsame Neigung gegen den linken Bildrand. Als transparente Konstruktion legt die Zeichnung die innere und äussere Struktur des Werkaufbaus offen. 21 gleichförmige Elemente lehnen sich hier gegeneinander, stützen sich gegenseitig, sorgen für eine Stabilität innerhalb der Instabilität. Die rhythmische Bewegung der gleichartigen, aber in sich starren Formen erinnert vage an Gegenstände unseres Alltags, etwa an Dachschindeln. Vertikal und mit unruhigem, unvollständigem Schriftbild ziehen sich über die Zeichnung noch die Typen der alten Brother-Deluxe-660TR-Reiseschreibmaschine, auf der Bünter jede ihrer sprachlichen Äusserungen und literarischen Artefakte schreibt, und formen die Aussage: «nicht genug».

Abb. 2

Beide Zeichnungen stellen ein allgemeines künstlerisches Problem vor. Wie verhalten sich Figur und Fläche zueinander, und welche Bedingungen müssen erfüllt werden, um dynamische Prozesse zu visualisieren? Dies zu klären, müsste nach den im Bild herrschenden Gesetzmässigkeiten gefragt werden. Die Antworten darauf blieben allerdings dem technischen Vermögen der Künstlerin verpflichtet. Es geht hier aber nicht um systematische Dekonstruktionen, phantasievolle Kombinationen oder strenge akademische Fingerübungen. Es sind die Handlungsabläufe und deren Zielsetzungen, die im Fokus stehen. Mit ihnen lassen sich sowohl die objektgebundenen Konstruktionszeichnungen als auch die Skizzen analysieren. Ich bezeichne sie als: konstruieren, spielen und erinnern.

Konstruieren

Sprechen wir von Konstruieren, dann liegt darin gleichzeitig das Versprechen eines zielgerichteten Aufbaus. Die Konstruktionszeichnung des Architekten dient dem Bau zum Beispiel eines Hauses, die technische Konstruktionszeichnung legt den Aufbau einer geplanten Maschine offen. Betrachten wir die Konstruktionszeichnungen von Bünter, sind auch sie zweckbestimmt. Da werden Kanthölzer geschichtet, Stangen von Bändern gehalten, Matratzen lehnen gegeneinander und bilden den stolzen Bug eines imaginierten Schiffes (Abb. 3), Platten fügen sich ineinander und lassen einen geschützten Raum

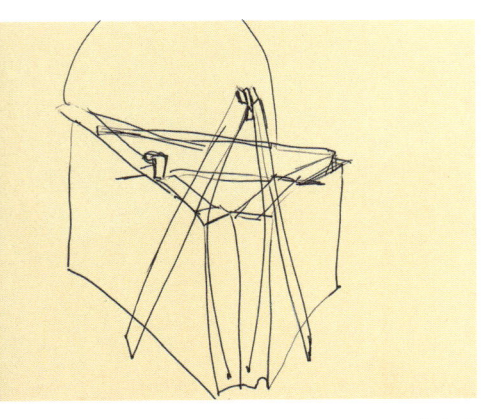

Abb. 3

entstehen. Diese Zeichnungen vermessen den Raum, prüfen Widerstände, stellen Balanceakte vor, jenseits empirischer Erfahrung. Da gibt es die Nahsicht, die Aufsicht, die Vogelperspektive und die Fernsicht. Entgegen der üblichen Vorgehensweise entstehen diese Konstruktionszeichnungen jedoch nicht vor der Fertigung der Installationen, sondern in der Regel erst danach. Zielsetzung dieser Zeichnungen ist das bildliche Erfassen, das Nachspüren der zumeist mehrteiligen Installationen und ihrer Vielschichtigkeit. Gleich einer dokumentarischen Aufnahme und dem nachträglichen Studium der geleisteten künstlerischen Arbeit. Somit erfüllt sie zwar im engen Sinne der Zielsetzung der Konstruktionszeichnung die Darlegung eines technischen Aufbaus, allerdings zeitlich verschoben. Es ist ein Paradox, dass vor der Konstruktion, vor der rationalen, formalen und kognitiven Erfassung ein anderer, wichtigerer Schritt steht: das Spiel.

Spielen

«Denn, um es endlich einmal herauszusagen, der Mensch spielt nur, wo er in voller Bedeutung des Worts Mensch ist, und *er ist nur da ganz Mensch, wo er spielt*».[3] In Schillers Briefen über die ästhetische Erziehung des Menschen wurden Formtrieb und Spieltrieb als nahezu unvereinbar aufgefasst, allein im Ideal der Schönheit ins Gleichgewicht gebracht.[4] Das Spiel als Impulsgeber der Kunst kann heute auf eine lange Tradition zurückblicken.[5] Im Gespräch mit Renata Bünter wird schnell deutlich, dass das Spiel eine zentrale Antriebsfeder ihrer Kunst ist. Es stellt ganz im Sinne Schillers die grösste Freiheit dar, und Bünter befreit ihre Kunst radikal, sie überwindet im Spiel die Eigenschaften des Materials, versucht physikalische Gesetzmässigkeiten auszuhebeln. Ihre «Helden» sind aus Holz, Gips, Plastik, Gummi oder Papier. So steuert die Künstlerin das Matratzenboot über das Plastikmeer, das täglich aufgeschüttelt werden muss, und der Horizont findet sich in Holzrahmen gehalten wieder. Ihre Zeichnungen, als technisches Mittel betrachtet, um das Aufblitzen der künstlerischen Idee, eben diesen «split of a second», zu fixieren, sind Ausdruck des Dualismus von Reflexion und Dynamik. Mit ihnen wird das künstlerische Spiel angehalten oder erst in Gang gesetzt. Es ist der Ablauf einer intelligenten Handlung, bei der es zu einer «Rückkoppelungsschleife» kommt zwischen der Wahrnehmung, der zeichnenden Hand und dem auf dem Papier entstehenden Bild.[6] Diese enge Verknüpfung versucht Bünter aber auch immer wieder zu lösen, experimentierend durch das Zeichnen im Zustand des Halbschlafes oder mit Hilfe des zufälligen Farbkleckses.[7]

Welche Zielsetzung wird in dieser Abspaltung vom reflektierenden und kontrollierenden Ich verfolgt? Eine Antwort liegt möglicherweise in der Bedeutung der im Werk kontinuierlich auftretenden Worte und Sätze. Gleich einem Perpetuum mobile setzen sie Gedankenketten in Gang und schaffen eine Metaebene, die der individuellen Erfahrung der Künstlerin die des Betrachters gegenüberstellt. Die offene Struktur der literarischen Aussagen, die auch typografisch angelegt ist im Verschwimmen und Verschwinden der Schrift, möchte ich in einen Zusammenhang stellen mit Wilhelm Schapps *Über-*

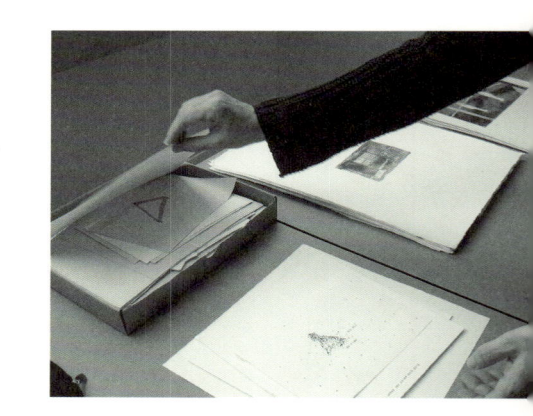

---

3   Friedrich Schiller, «Über die ästhetische Erziehung des Menschen in einer Reihe von Briefen» (Hervorhebung Schillers im Text) in: Friedrich Schiller, *Werke,* 3 Bde, hier Bd. 2, S. 481, Darmstadt 1984.

4   Schiller (wie Anm. 3) S. 482 ff.

5   *Ästhetische Grundbegriffe,* hrsg. von Karlheinz Barck u.a., Stuttgart und Weimar 2003/2010, 7 Bde., hier Bd. 5, S. 577–618.

6   Vgl. den Aufsatz von Rebekka Hufendiek, «Draw a Distinction. Die vielfältigen Funktionen des Zeichnens als Formen des Extended Mind», in: Ulrike Feist/Markus Rath (Hrsg.), *Et in imagine ego. Facetten von Bildakt und Verkörperung [Festgabe für Horst Bredekamp],* Berlin 2012, S. 441–466, hier besonders S. 452.

7   Vgl. Friedrich Weltzien, «Von Cozens bis Kerner. Der Fleck als Transformator ästhetischer Erfahrung», in: *Ästhetische Erfahrung. Gegenstände, Konzepte, Geschichtlichkeit,* hrsg. vom Sonderforschungsbereich 626 der Freien Universität Berlin 2006, S. 1–15.

legungen in seiner Philosophie der Geschichten. Hier betrachtet er den Menschen als in «Geschichten Verstrickten», der nicht nur in die eigene Geschichte, sondern auch in die seiner Mitmenschen verwickelt ist.[8] Dabei wird offenkundig, dass jede Geschichte je nach Standpunkt unbedingt mehrdeutig ist. Angewendet auf die diskutierten Satz- und Textteile in Bünters Arbeiten beginnt mit ihnen eine Erzählung, die wir gleichsam teilen können, die aber jeder Betrachter unterschiedlich rezipieren wird. Grundlage der unterschiedlichen Rezeptionsbedingungen ist die Erinnerung.

Erinnern

Die Schrift ist wohl eine der ältesten Formen, um Erinnerung zu speichern.[9] In der damit verbundenen Verfügbarkeit ist sie gleichzeitig abruf- und kommunizierbar, vermag sich festzuschreiben. Im 19. Jahrhundert trat mit der Erfindung der Daguerreotypie ein weiteres wichtiges Medium der Konservierung von Erinnerung hinzu, die Fotografie. Aber welche Bedingungen müssen erfüllt werden, um sowohl in der Zeichnung, in der Fotografie als auch in der Sprache jene Unschärfe und Analogie von Unbedeutendem und Bedeutungsvollem[10], wie sie für die Erinnerung zentral ist, visuell zu vermitteln?

In Bünters Gummiprints begegnen wir immer wieder den Rückenfiguren, jenen reflektierenden Stellvertretern der Betrachter im Bild.[11] Ihre entpersonalisierte Gestalt in einem verunklärten Bildraum und die Lavierungen in den verblichenen Farben einer Palette, die zu lange dem Sonnenlicht ausgesetzt war, sind Techniken der eingesetzten Memorialstrukturen. Für die Fotografien wählt die Künstlerin den Weg der drucktechnischen Manipulation. Die Dokumente aus dem Familienalbum im heute völlig unüblichen Kleinstformat lassen den fotografisch fixierten Bildgegenstand faktisch unkenntlich werden. Und gleichgültig wie nah wir diesen Fotografien kommen, sie behalten ihre Distanz und teilen sich als die gescheiterten Versuche einer reproduzierten Geschichte mit. Erinnerung braucht einen Reiz. Mit den Texten schliesslich, die Passagen aus einer Erzählung gleichen, aber deren inneren, logischen Aufbau ignorieren, findet Bünter den Auslöser. Es ist nur konsequent, dass sie sich auch noch dem finalen Medium des Fixierens von Erinnerung zuwendet – dem Film.

Der vielschichtige Kanon der Erinnerung hat sich tief in das subjektive Gedächtnis eingeprägt. Doch nicht die Künstlerin als Spurenleserin, als Autorin der eigenen Biografie, steht im Zentrum der Arbeiten, sondern die Annäherung an einen Gegenstand unserer Erfahrung, der als Phänomen der Vermittlung und der Ordnung bedarf.

Das künstlerische Werk, das die Überlegenheit der Kunst vor der Geschichte[12] in ihrem Anspruch von Unmittelbarkeit und Gleichzeitigkeit einlöst, bildet den Prozess der Erinnerung nach und lässt uns partizipieren.

---

8 Wilhelm Schapp, *Philosophie der Geschichten,* Frankfurt am Main 1981, S. 4 ff. Siehe auch das Kapitel «Die moderne Geschichtslosigkeit und die Frage nach der Zukunft des Erzählens» in: Odo Marquard, *Skepsis in der Moderne. Philosophische Studien,* Stuttgart 2007, S. 64–66.

9 Sigrid Schade/Silke Wenk, *Studien zur visuellen Kultur. Einführung in ein transdisziplinäres Forschungsfeld,* Bielefeld 2011, vgl. hierzu Kapitel III, «Mediengeschichte und Medialität der Geschichtsschreibung», S. 128–131, hier S. 129 ff.

10 Aleida Assmann spricht in ihrem Aufsatz «Individuelles und kollektives Gedächtnis – Formen, Funktionen und Medien» von sich verändernden Relevanzstrukturen und Bewertungsmustern, in: *Das Gedächtnis der Kunst. Geschichte und Erinnerung in der Kunst der Gegenwart,* Kurt Wettengl (Hrsg.), Frankfurt am Main 2000, S. 21–28, hier S. 21.

11 Regine Prange, «Sinnoffenheit und Sinnverneinung als metapicturale Prinzipien. Zur Historizität bildlicher Selbstreferenz am Beispiel der Rückenfigur», in: Verena Krieger/Rachel Mader (Hrsg.), *Ambiguität in der Kunst. Typen und Funktionen eines ästhetischen Paradigmas,* Köln und Weimar 2010, S. 125–168, hier besonders S. 151 ff.

12 Vgl. Hans-Georg Gadamer, «Bildkunst und Wortkunst», in: Gottfried Boehm (Hrsg.), *Was ist ein Bild?* München 1994, S. 90–104, hier besonders S. 91.

Susanne Schneemann

Visiting the location

It begins with a visit to her studio in Bern. Close to a disused railway track, surrounded by run-down industrial buildings, entrances in odd corners, inaccessible ramps with black and yellow warning stripes, grey facades, crumbling plaster, there's a set of steps leading up to the first storey of a faceless building. It's pitch black inside, from the corner of my eyes I can just make out a monstrous goods lift, maximum loading weight eight tons. Finally a large room with white distempered walls opens up behind a pile of wooden crates. A window so high up it would require a turntable ladder to open it, but it nevertheless casts light on the three-metre-high studio. Mattresses have been leant on their sides, waiting for the completion of the bright red coat of paint that has been started, coffee filters have been dunked in plaster to form a stable arrangement that counters gravity and their own fragility. I can see drawings on the walls consisting of tiny dots that condense into fantasy figures before my astonished eyes. Is that a rabbit? The ears are unnaturally large, but the dimensions are right – no, that's not a rabbit, is it? A stroll along the wall and I encounter a horned figure. That's a – did I say devil? But no, it's just an animal, although clearly not a cow.

I stand in the studio and know this highly-charged topos of the authentic site of creative production all too well, but still I can't resist it, because spread out before me is a world that is so familiar and yet seems oh so strange.

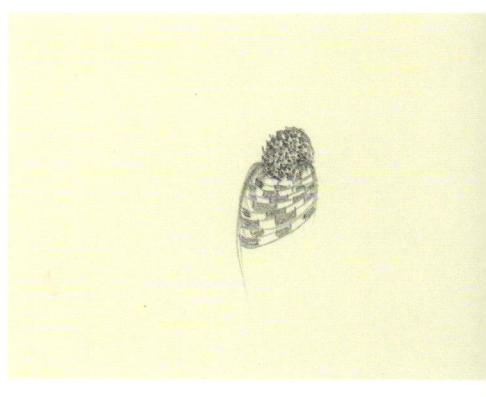

Abb. 1

Window

In his *Grammaire des Arts du dessin,* Charles Blanc gave precedence to drawing over paint: "Le dessin a cet autre avantage sur la couleur, que celle-ci est relative, tandis que la forme est absolue."[1] Today his distinction between the female and the male principle, to which he assigned painting and drawing respectively, can only be viewed from a historical perspective. Blanc is nevertheless interesting on this point inasmuch as the esteem enjoyed by drawing and its "intellectual" underpinnings remains to this day. The ability to draw was already regarded by Giorgio Vasari as an unmistakable sign of talent,[2] and still constitutes a decisive criterion for admission to art school. At the same time it has remained an intimate medium, a window through which we feel we come closest to following the artist's eye and understand his or her point of view. Bünter's drawn œuvre comprises some 400 leaves, which she herself divides into two rough categories: free sketches and construction drawings for the objects she develops.

Sketches

A pair of legs dangling in the air, a babe asleep, a man's head wearing a flat cap in front of a blossoming shrub, wind-tossed palms, a bristly brush, objects in motion. Pencil, ink or crayon on paper, Bünter

---

1   Charles Blanc, *Grammaire des Arts du Dessin. Architecture, Sculpture, Peintre,* Paris: Renouard 1867, p. 22. A century before this Claude-Henri Watelet described the discussion about the rank of drawing and painting in his article "Dessein" in the Encyclopédie, cf. *L'Encyclopédie ou Dictionnaire Raisonné des Sciences, des Arts et des Métiers,* eds. Denis Diderot and Jean-Baptiste d'Alembert, Paris: 1751–1772, reprint New York: Pergamon Press 1969, 5 vols., here vol. 1, p. 937. Cf. also Oskar Bätschmann, "Zeichnen und Zeichnungen im 19. Jahrhundert", in: *Zeichnen ist Sehen. Meisterwerke von Ingres bis Cézanne aus dem Museum der Bildenden Künste Budapest und aus Schweizer Sammlungen,* exh. cat. Kunstmuseum Bern, 29.03.–02.06 1996 and Hamburger Kunsthalle, 05.07.–08.09.1996, pp. 24–34.

2   Giorgio Vasari, *Lives of the Most Eminent Painters, Sculptors & Architects,* trans. Mrs Foster, 10 vols. Forgotten Books, Central, Hong Kong, 2012 [Giorgio Vasari, *Le vite de' più eccelenti pittori, cultori ed architettori,* 9 vols, Florence 1568].

employs the classical materials. What order do all these different motifs obey, are there coherent groups, clusters of topics, or narrative structures? Or is the only remaining thing the chronological order – with or without any suggestion of a developmental principle?

I shall pick out two drawings and describe them so as to explore the functions and purposes of the depictions, over and above their semantic meaning, and clarify the way they work and their possible readings:

(Ill. 1) At the centre of the picture we see the ruffled hair of a small figure viewed from behind. It is wrapped in a large cloth, and in motion. A form develops in Bünter's highly typical manner from the dashed lines, from the small, detailed formation of dots. The turn of the head to the right, together with the dynamic lines in the pulled-up shawl form the centre of the drawing and allow the sensual experience of a figure in motion to be conveyed. The graphic pattern on the draped cloth and its faithfully foreshortened perspective underline the sense of dynamism.

(Ill. 2) Three rows of graphic elements have been placed one behind the other in strict order. Together, their rounded edges produce a powerful wave-like motion, further heightened by their mutual inclination towards the left-hand margin. Being a transparent construction, the drawing reveals the inner and outer structure of the ensemble. Twenty-one uniform elements leaning on and mutually supporting each other, ensure stability within instability. The rhythmic movement of the homogeneous but as such rigid forms is vaguely reminiscent of objects from everyday life, such as roof shingles. Running vertically in a restless, imperfect typeface are letters done with the old Brother Deluxe 660 TR portable typewriter on which Bünter writes her linguistic outpourings and literary artefacts, forming the words: "nicht genug" – "not enough".

Both drawings present a general artistic problem. How do figure and surface relate to one another, and what conditions must be fulfilled before dynamic processes can be visualised? In order to clarify this, it would be necessary to inquire into the principles behind the picture. The answers remain dependent, however, on the artist's technical abilities. But the concern in these works is not with systematic deconstructions, fanciful combinations or stiff academic exercises. Central are courses of action and their goals. And these enable us to undertake an analysis of both Bünter's construction drawings for her objects as well as her free sketches. I shall refer to these courses of action as: constructing, playing, and remembering.

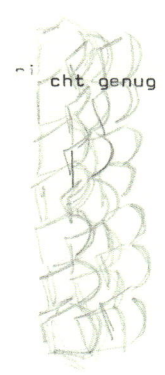

Abb. 2

Constructing

When we talk of constructing, it also redolent with the promise of purposeful composition. The plans drawn up by an architect are done, for instance, to build a house, a technical blueprint shows how to make a machine. When we look at Bünter's construction plans, they are likewise guided by a purpose. Squared timbers are piled up, rods supported by ribbons, mattresses leant against together so as to form the imaginary bows of a proud ship (Ill. 3), and slender panels are pieced together to create a sheltered space. These drawings survey the room, check resistances, and present balancing acts far removed from empirical experience. We find the close-up, the overhead view, the bird's-eye view and the distant view. Contrary to normal practice however, these construction drawings are not produced before the installation is made, but generally afterwards. The aim of the drawings is to trace out the installations – which generally consist of numerous parts – and capture them visually in all their complexity. Like a documentation or the retrospective study of a work of art that has already been made. In this they fulfil the goals of a construction drawing in the closer

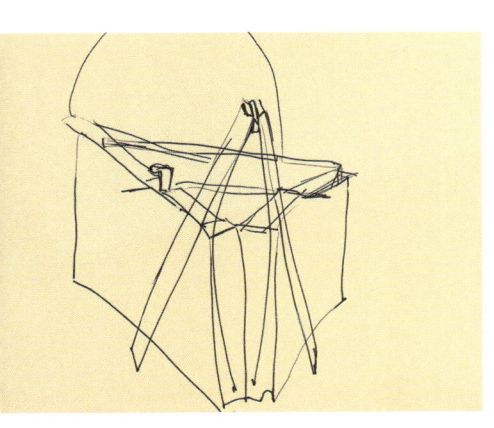

Abb. 3

sense as the depiction of a technical construction, albeit shifted in time. Paradoxically, another, more important step comes prior to constructing, prior to the rational, formal and cognitive act of recording: playing.

Playing

"For to speak out once for all, man only plays when in the full meaning of the word he is a man, and *he is only completely a man when he plays*".³ In Schiller's letters on aesthetic education, the formal instinct and the play instinct are treated as virtually incompatible, and only to be brought into harmony with one another through the ideal of beauty.⁴ Today, play can look back on a long tradition as the initiator of art.⁵ Talking with Renata Bünter, it is soon apparent that play is one of the mainsprings of her work. In keeping with Schiller, it represents the greatest freedom, and Bünter liberates her art radically, surmounting the properties of the materials and attempting to suspend physical laws through play. Her "heroes" are wood, plaster, plastic, rubber and paper. The artist sails for instance her mattress ship across a plastic sea, which has to be plumped up every day, and the horizon finds itself caught in wooden frames. Her drawings, viewed as a technical means to capture the flash of an artistic idea, the celebrated "split second", are an expression of the dualism of reflection and dynamism. Through them the artistic game is either stopped or actually set in motion. This is an intelligent course of action during which a "feedback loop" is set up between the mind, the drawing hand, and the picture that comes about.⁶ But time and again Bünter also attempts to loosen this tight link, experimenting by drawing while half asleep, or with the help of serendipitous blots.⁷

What is the goal of this split from a reflecting and controlling self? One possible answer lies in the significance of the words and phrases that constantly appear in her work. Like a perpetuum mobile, they set chains of thoughts in motion and create a meta-level that contrasts the personal experience of the artist with that of the viewer. I would like to connect the open structure of these literary utterances – which is also conveyed typographically in the hazy if non fading script – with Wilhelm Schapp's thoughts in his *Philosophie der Geschichten*. In this work he regards people as "entangled in stories," not only in their own but also in those of the people around them.⁸ And it becomes apparent that every story is by necessity ambiguous and that the reading depends on one's standpoint. Applied to the sections of phrases and texts in Bünter's works, they mark the beginning of a story which we can, as it were share, but which is taken in differently by each recipient. The basis for such differences lies in memory.

---

3   Friedrich Schiller, *Letters On The Aesthetical Education Of Man*, Letter XV, trans. Tapio Riikonen and David Widger, In *Aesthetical Essays of Friedrich Schiller*, Project Guttenberg, http://www.gutenberg.org/files/6798/6798-h/6798-h.htm (accessed 19.08.2012)

4   ibid.

5   *Ästhetische Grundbegriffe*, ed. Karlheinz Barck et al, Stuttgart and Weimar 2003/2010, 7 vols., here vol. 5, pp. 577–618.

6   Cf. Rebekka Hufendiek's essay "Draw a Distinction. Die vielfältigen Funktionen des Zeichnens als Formen des Extended Mind", in: Ulrike Feist/Markus Rath (eds.), *Et in imagine ego. Facetten von Bildakt und Verkörperung [Festgabe für Horst Bredekamp]*, Berlin 2012, pp. 441–466, in particular p. 452.

7   Cf. Friedrich Weltzien, "Von Cozens bis Kerner. Der Fleck als Transformator ästhetischer Erfahrung", in: *Ästhetische Erfahrung. Gegenstände, Konzepte, Geschichtlichkeit*, published by Sonderforschungsbereich 626, der Freien Universität Berlin 2006, pp. 1–15.

8   Wilhelm Schapp, *Philosophie der Geschichten*, Frankfurt am Main 1981, p. 4 ff. See also the chapter "Die moderne Geschichtslosigkeit und die Frage nach der Zukunft des Erzählens" in: Odo Marquard, *Skepsis in der Moderne. Philosophische Studien*, Stuttgart 2007, pp. 64–66.

Remembering

Writing is of course one of the oldest means of storing memories.[9] Through the accessibility this grants, they are simultaneously retrievable and communicable, and can be fixed. With the invention of the daguerreotype, another important medium for conserving memory came to be added in the nineteenth century: photography. But what conditions must be met in order to visually convey – not only by drawing, but also by photography and language – the indeterminacy and equivalence between the insignificant and the significant[10] that it is so important for memory?

In Bünter's rubber prints we constantly find rear-on views, those ruminating representatives of the viewer in the picture.[11] Their depersonalised form in an obscured picture space and the washes in the pallid colours of a paintbox that has been left too long in the sun, are the techniques she uses for the memorative structures that are employed. For her photographs Bünter turns to manipulations performed during the printing stage. The documents from the family album in what today is a quite uncustomary, minute format actually make the photographically recorded object quite unrecognisable. Yet regardless of how close we get to these photos they retain their distance and disclose themselves as the failed attempts at a reproduced story. Memory needs a stimulus. Ultimately Bünter finds the trigger in the texts, which resemble passages from a story while ignoring its inner structure and consistency. It is only logical that she has now also turned to the ultimate medium for recording memory: film.

The complex canon of remembering has left a deep mark on the subjective mind. But it is not the artist as diviner, as author of her own biography that is central to her work, but rather the approximation to an object of our experience, which as a phenomenon requires mediation and order.

The work of art, which does justice to the superiority of art over history[12] in its claim to immediacy and synchronicity, emulates the process of memory and allows us to participate.

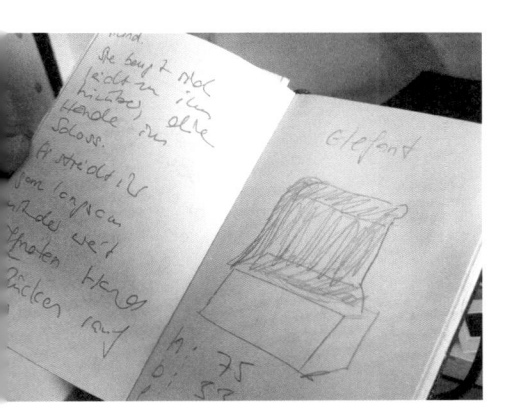

---

9 Sigrid Schade/Silke Wenk, *Studien zur visuellen Kultur. Einführung in ein transdisziplinäres Forschungsfeld,* Bielefeld 2011, cf chapter III, "Mediengeschichte und Medialität der Geschichtsschreibung", pp. 128–131, in particular p. 129 ff.

10 Aleida Assmann speaks in her essay "Individuelles und kollektives Gedächtnis-Formen, Funktionen und Medien" of changing structures of relevancy and patterns of evaluation, in: *Das Gedächtnis der Kunst. Geschichte und Erinnerung in der Kunst der Gegenwart,* Kurt Wettengl (ed.), Frankfurt am Main 2000, pp. 21–28, here p. 21.

11 Regine Prange, "Sinnoffenheit und Sinnverneinung als metapicturale Prinzipien. Zur Historizität bildlicher Selbstreferenz am Beispiel der Rückenfigur", in: Verena Krieger/Rachel Mader (eds.), *Ambiguität in der Kunst. Typen und Funktionen eines ästhetischen Paradigmas,* Cologne and Weimar 2010, pp. 125–168, in particular p. 151 ff.

12 Cf. Hans-Georg Gadamer, "Bildkunst und Wortkunst", in: Gottfried Boehm (ed.), *Was ist ein Bild?* Munich 1994, pp. 90–104, in particular p. 91.

42–66 | Auswahl von Zeichnungen | 1997–2000

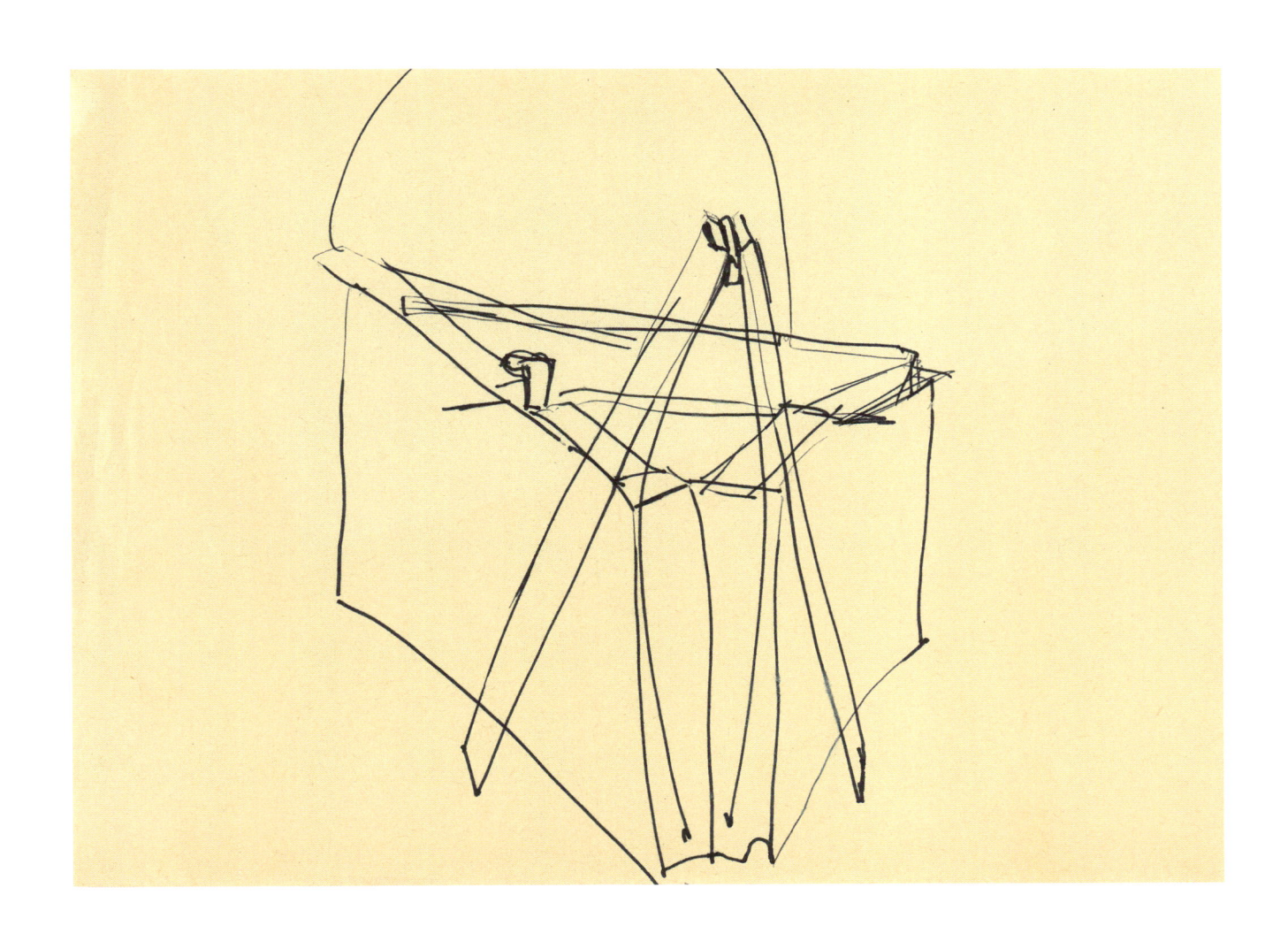

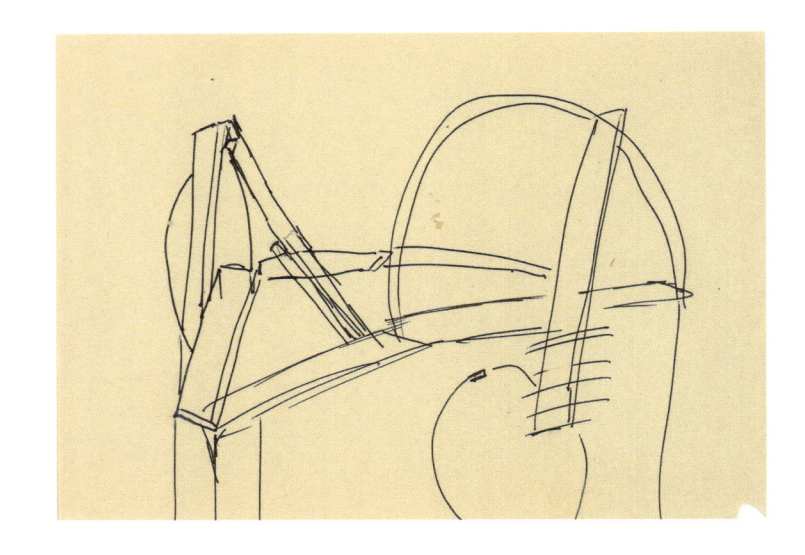

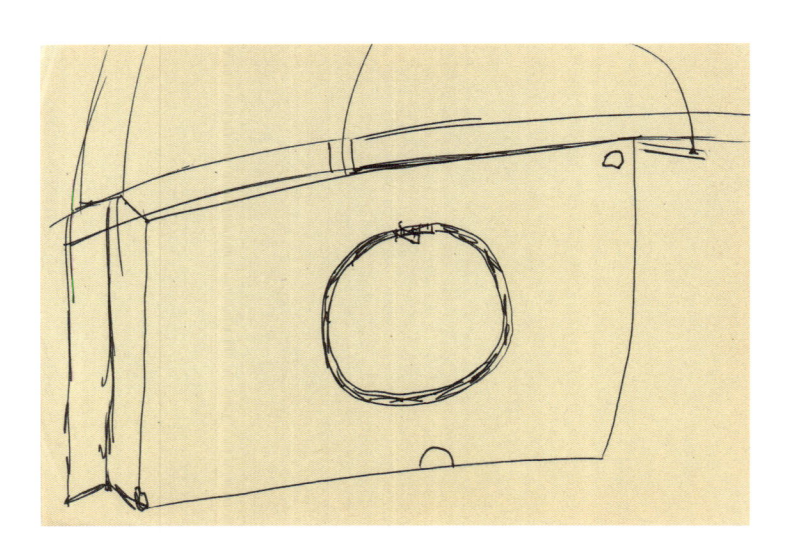

95

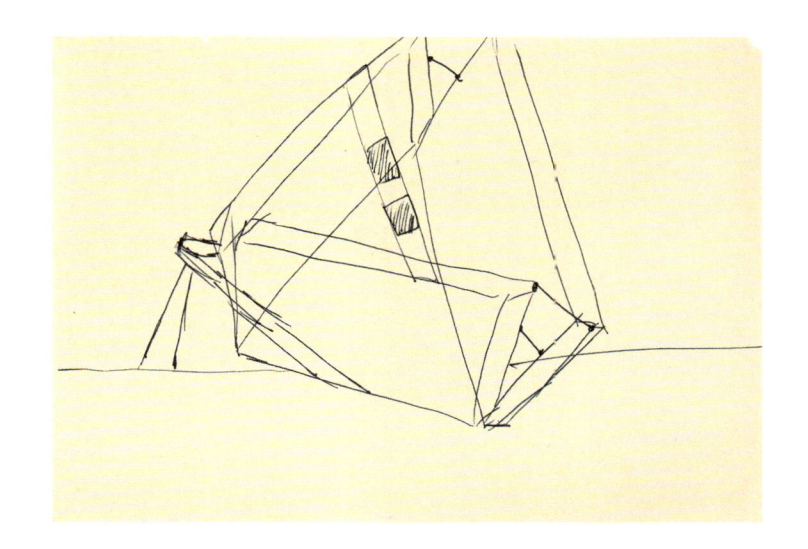

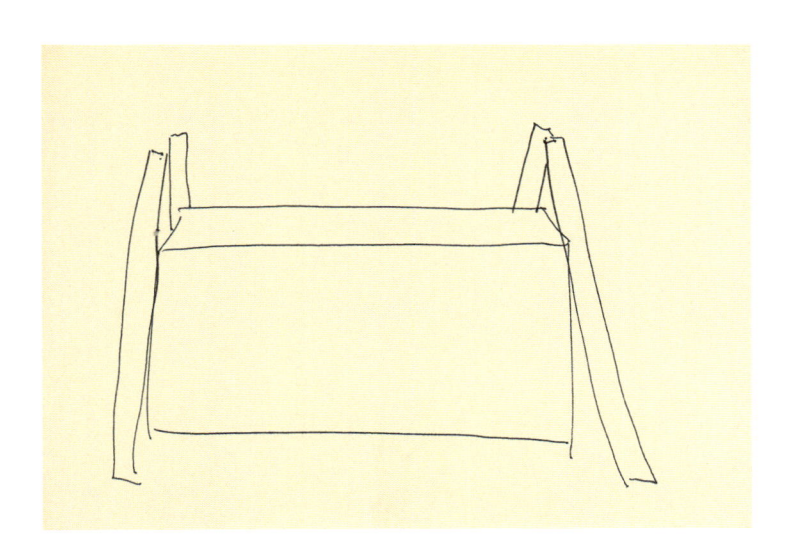

96

97

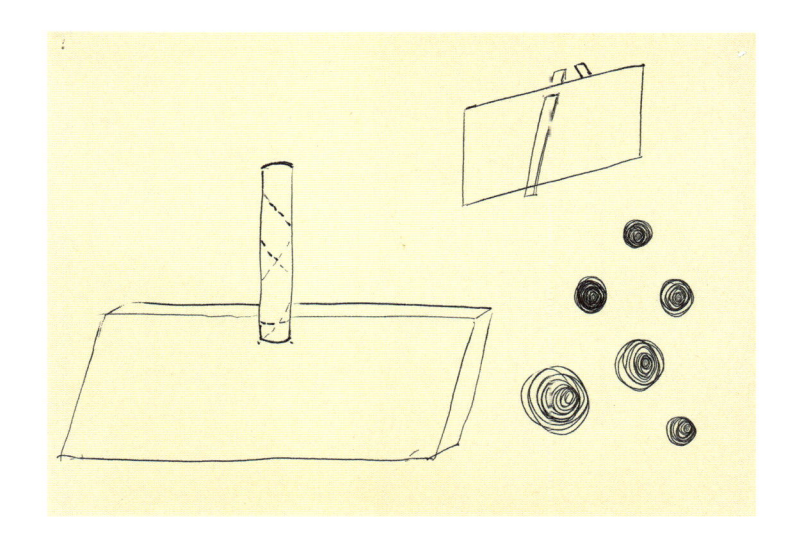

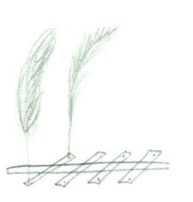

98

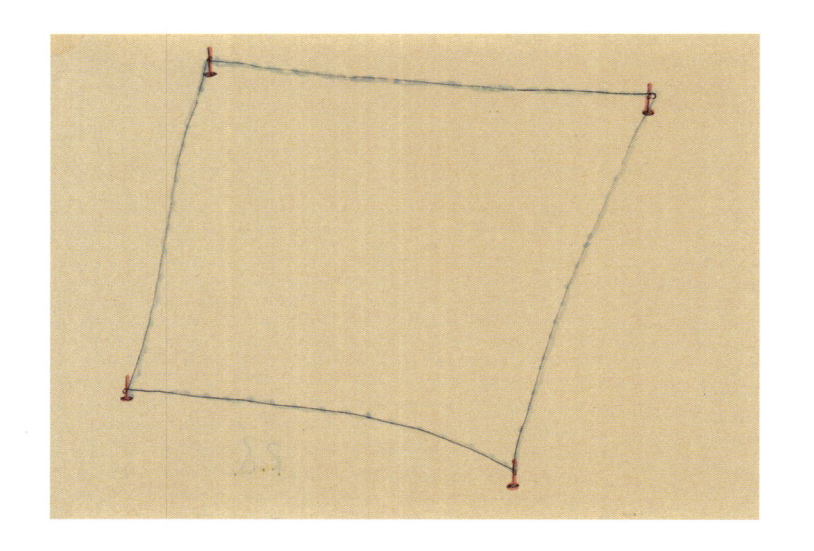

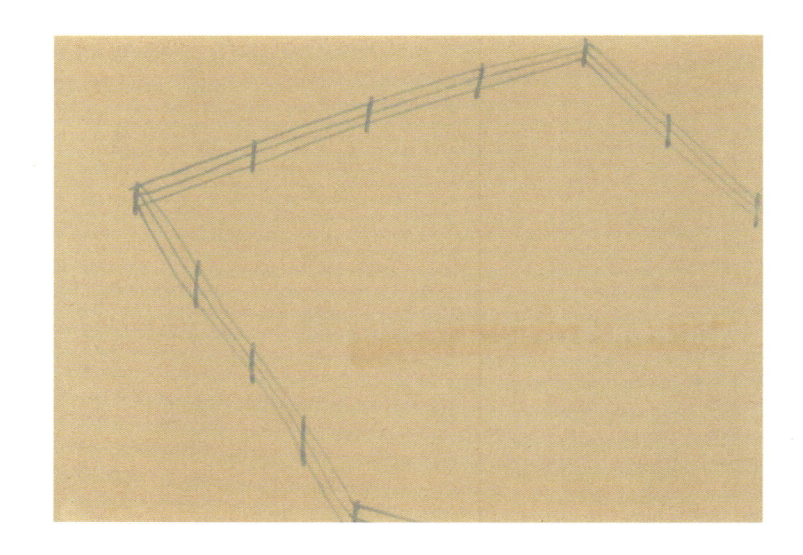

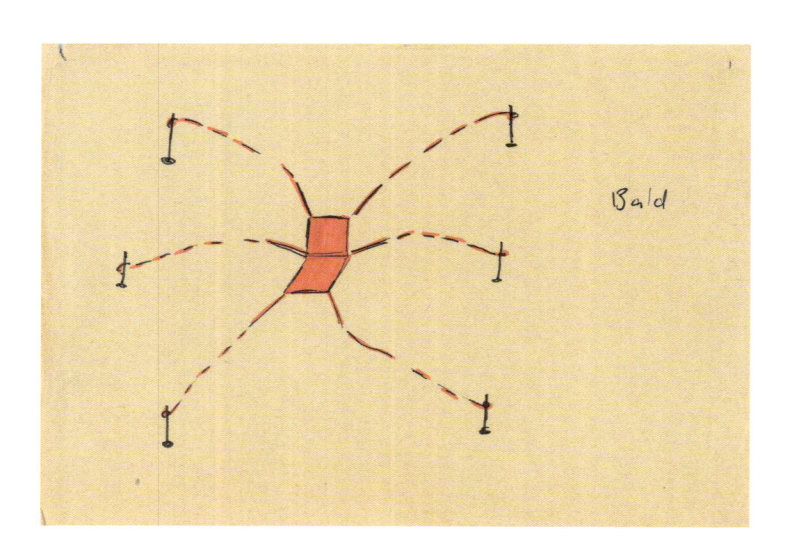

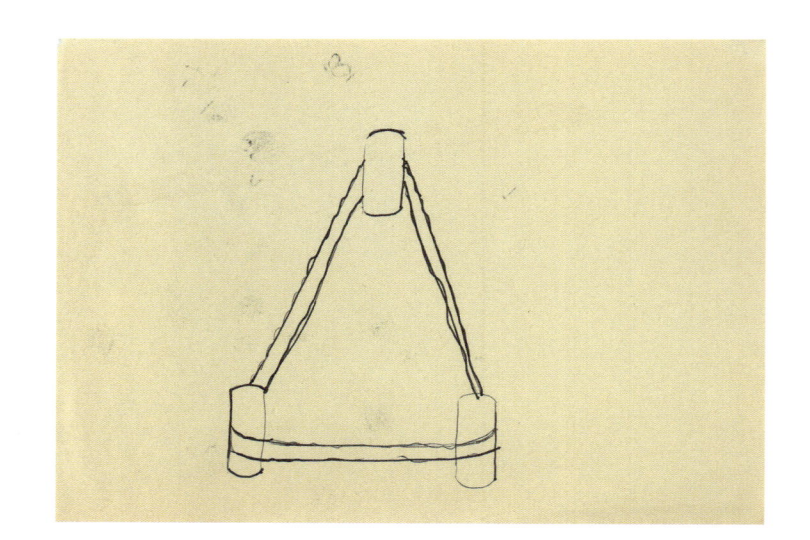

99

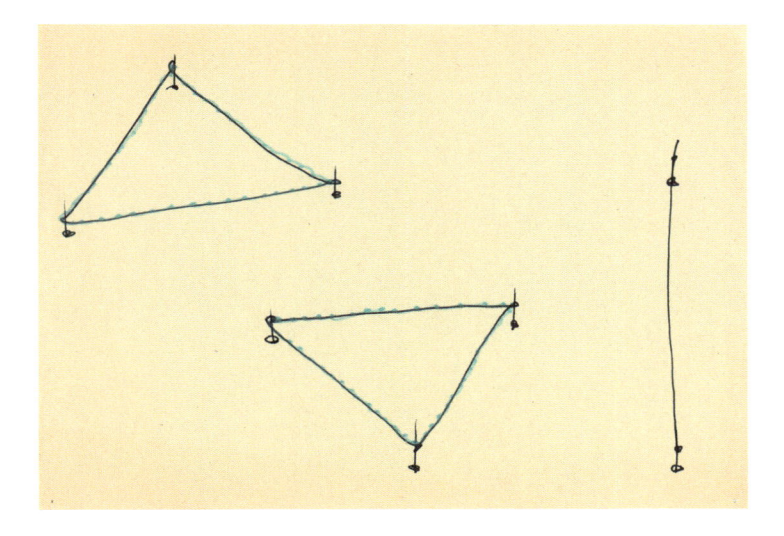

67 | ohne Titel | 2006

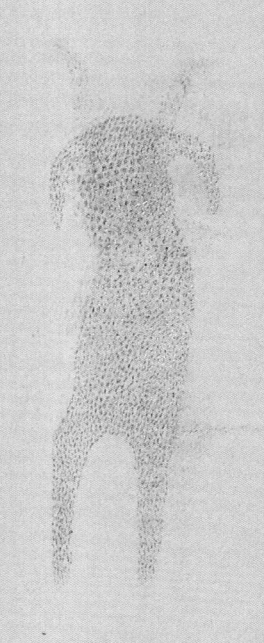

ה

68–92 | Auswahl von Zeichnungen und Texten | 2006–2012

Morgen renn ich aus dem Bild

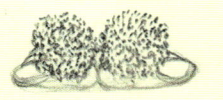

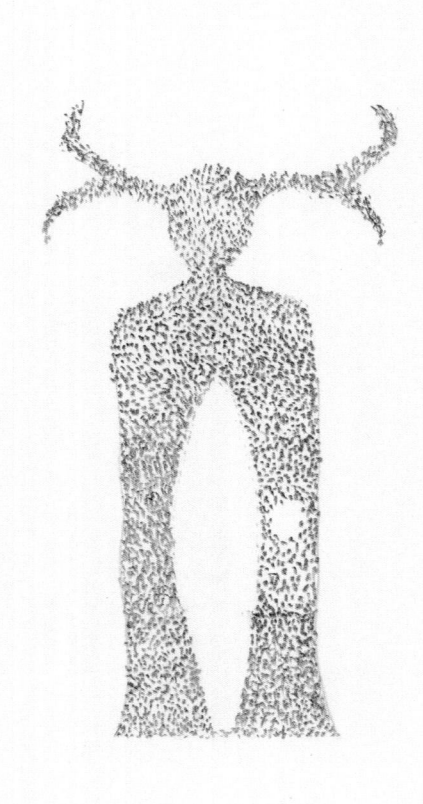

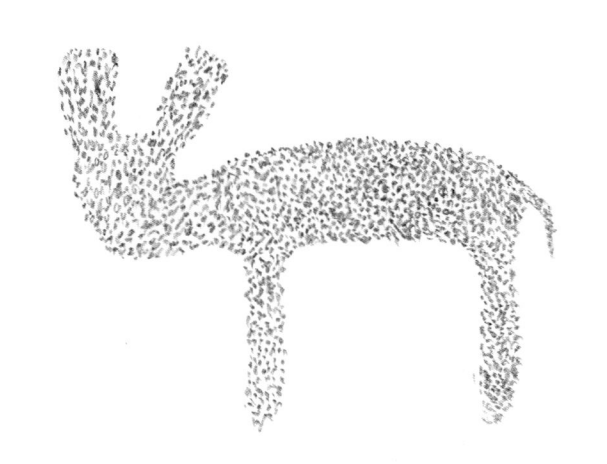

~~Sie schaut~~ geradeaus, ~~und~~
~~kommt~~ mit langen Schritten ~~und~~ schaut Sie
sich an. Er kommt leise herein, und bewegt
sich mit runden Bewegungen.
Isst die Eier lauwarm.

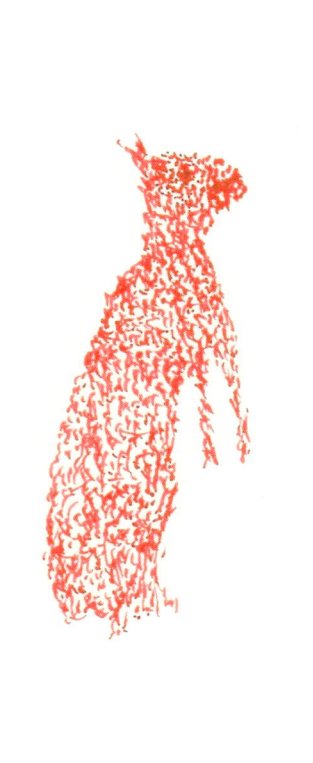

Wo das Herz ist

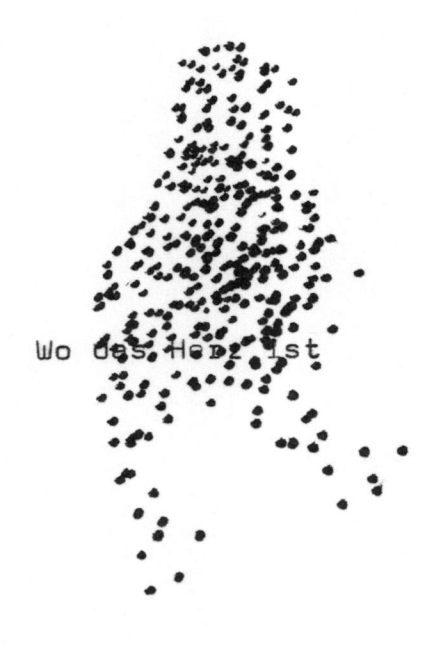

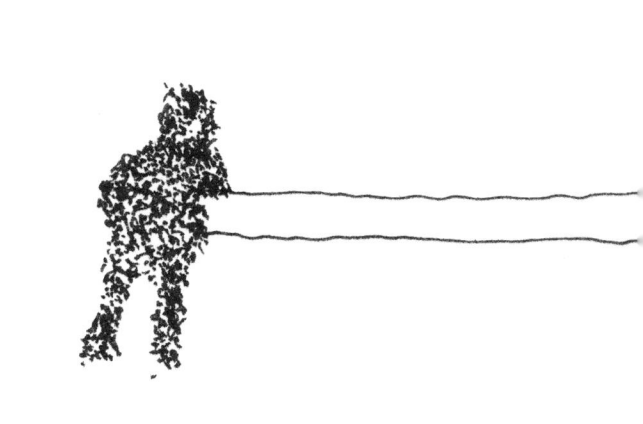

Der Raum ist zweigeteilt, die Müdigkeit legt
sich wie Schaumgummi ganz leicht drumherum.
Die Verlockung ist gross, die Augen zu
schliessen. Dann wird der Schaumgummi dicker.
Und der Raum verschwindet, der Platz grösser.
Diese Melodie kenne ich.

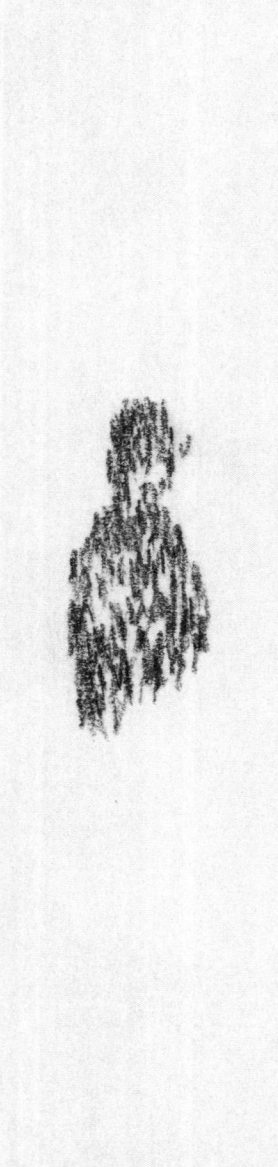

Sie haben den Tisch in die Sonne gestellt.

Sitzen beim Essen, der Parkplatz leer, wird es immer

heisser.

 Er muss daran vorbeilaufen, und reden , wahrscheinl

 Vielleicht gehen sie ja bald weg.

 und endlich Ruhe.

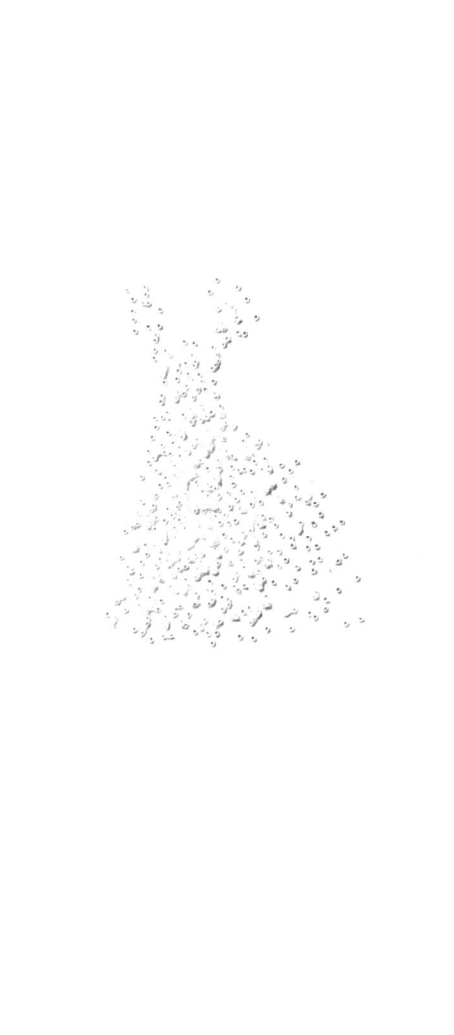

unter der einen Bedingung

Die Bäume stehen schräg im Grau.

Der Boden ist rot. Und die Wände stehen w
etwas beunruhigt da und aufeinander.
Schon wieder hält sie sich die Hände vors
Gesicht,so kann sie besser weinen. dabn ist
sie wie in einem anderen Raum.
Wir setzen uns wieder.

nicht genug

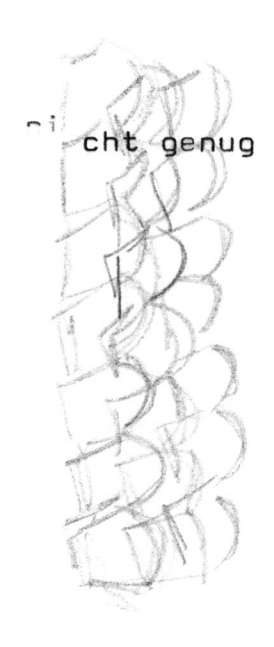

Die Sonne scheint circa zehn Meter an mir vorbei.

Im Rückem der Wald, weiter vorne die Strasse.

Ab und zu ist es ruhig.

93 | ohne Titel | 1997

Renata Bünter

Curriculum

1962	geboren in Büren, Nidwalden
1994–1995	Weiterbildungsklasse an der Gestaltungsschule «Farbmühle» in Luzern
1995–1998	Fachklasse Bildende Kunst an der Hochschule der Künste Bern (HKB) Diplom, Publikation *Das Meer und andere Geschichten*
seit 1998	Atelier in Bern
1999–2002	Assistentin des Studiengangs Kunst an der HKB in Bern
1999–2002	Tutorat Zeitgenössische Kunst bei der «Weiterbildung Konsularischer Mitarbeiter» beim Eidgenössischen Departement für auswärtige Angelegenheiten (EDA) Leitung und Organisation der Ausstellung und Publikation *Diplomatic Suitcases*
2007/2008	Führungen zur (Plakat-)Ausstellung *Tell im Visier* in der Nationalbibliothek in Bern
seit 2009	Klinische Forschung im Inselspital in Bern, Teilzeitanstellung
2010–2012	Grundlagen audiovisueller Gestaltung, Schule für Gestaltung Bern (SfGB)

Ausstellungsverzeichnis

Jahresausstellungen

Luzern	1922, 1999, 2000, 2002
Bern	1995, 1996, 1997, 1999, 2000, 2007
NW/OW	1999, 2005, 2011, 2012

Gruppenausstellungen

1993	Galerie Gersag, Emmenbrücke
1998	Stadtgalerie Bern, *Ich trank einen Schluck Wasser* Publikation, *Das Meer und andere Geschichten*
2001	Kunstmuseum Luzern Haus für Kunst, Uri
2011	Galerie Edgar Frei, Bern, *Komposition des Zufalls*
2012	Palazzo Liestal, *Minimallinie Bern–Basel*

Einzelausstellungen

1997	Kabinett Bern
2002	Galerie Apropos, Luzern, *Hommage*
2003	Chäslager Stans, *Ich glaube eine Möwe* Kabinett Bern, *Who killed Bambi*

Ankäufe

1998, 2007	Schweizerische Nationalbibliothek
1999, 2008	Kunstmuseum Nidwalden

Preise

2012	Monografie Kanton Bern

Bibliografie

1996	Berner Almanach, Fabian Perren: «Wahrnehmung und Transparenz», zur Arbeit *Bettflaschengeschichten*
1998	Ulrich Loock: «Eine Arbeit, zum Beispiel», zur Publikation *Das Meer und andere Geschichten* im Rahmen der Abschlussausstellung *Ich trank einen Schluck Wasser* in der Stadtgalerie Bern
2000	Neue Nidwaldner Zeitung, Urs Bugmann: «Kunst baut sich ihr eigenes Gehäuse», Jahresausstellung
2001	Berner Zeitung, Renata Bünter: «Stimmen im Fluss», im Rahmen des Projektes *Wellen* an der HKB in Bern
2002	Neue Luzerner Zeitung, Maria Vogel zur Ausstellung *Hommage* in der Galerie Apropos in Luzern
2003	Neue Luzerner Zeitung, Anita Lussi: «Der Reichtum von ganz normalen Dingen», zur Ausstellung *Ich glaube eine Möwe* im Chäslager Stans
2003	Kunstbulletin, Hans-Rudolf Reust, Besprechung der Ausstellung *Who killed Bambi* im Kabinett Bern
2011	Der Bund «Der Zufall, möglicherweise» zur Ausstellung *Komposition des Zufalls,* kuratiert von Massimiliano Madonne, in der Galerie Edgar Frei, Bern
2012	Nidwalder Zeitung, Podiumsgespräch mit Christine Hubacher im Rahmen der Ausstellung *Meine Grosseltern, Geschichten zur Erinnerung* im Kunstmuseum Nidwalden
2012	Kunstbulletin, Besprechung der Ausstellung *Minimallinie Bern–Basel*
2012	«Linien ziehen», Marginalien zur Minimallinie, Konrad Tobler zur Ausstellung *Minimallinie Bern–Basel* im Palazzo Liestal, Basel

Werkliste

1 | ohne Titel | 2011
Holz, z. T. bemalt, Gummiband, ca. 2,5 × 2,5 m

2 | Auch hier wächst Glücksklee | 2012
Schaumgummi, Holzlatten bemalt, 160 × 70 × 15 cm

3 | Looping | 2001
Plastikring bemalt, Packpapier, Schnur, Durchmesser Ring: 80 cm, Höhe: 60 cm

4 | Zuerst Inseln, dann Berge | 2001
Holz, Isolierband, ca. 2 × 2 m

5 | ohne Titel | 2006
Holz, Schaumgummi, Höhe: 1,2 m, Besitz Kunstmuseum Nidwalden

6 | Tier | 2012
versch. Materialien, 19 × 8 × 5 cm

7 | ohne Titel | 2007
Holz bearbeitet, 9 × 8 × 0,8 cm

8 | ohne Titel | 2010
Monotypie auf Holz, 18 × 13 × 2 cm

9 | ohne Titel | 2006
Holzstäbe bemalt, Plastik, 1,4 × 2,2 m

10 | Heute ist der Wind günstig | 2011
Gips, Schnur, 40 × 50 × 50 cm

11 | Die Frau mit dem blauen ... | 2011
versch. Materialien, 150 × 80 × 40 cm

12 | elephant | 2008
versch. Materialien, 50 × 50 × 20 cm

13 | ohne Titel | 2012
Filzstift auf Papier, Holzstäbe bemalt, Höhe: 1,5 m

14 | ohne Titel | 1996
Holz, Dispersion, Rädchen, 4-teilig, je 200 × 60 cm

15 | Sie winkt. Und wieder die alten Gedanken | 1996
Holz, Plastikfolie, 200 × 200 × 100 cm

16 | Rotes Tier | 1997
Holz bearbeitet, 50 × 50 × 10 cm

17 | ein wenig lärmt es noch nach | 2007
versch. Materialien, Höhe: 1,3 m

18 | ohne Titel | 2007
versch. Materialien, 28 × 19 × 9 cm

19 | Ich trank einen Schluck Wasser | 1998
Gesamtansicht der Ausstellung in der Stadtgalerie Bern

20 | ohne Titel | 1998
Holz, Sand (mitgebracht von Freunden aus der Sahara), 60 × 90 × 80 cm

21 | Schiff | 1998
Holz, Schaumgummi, Gips, ca. 2 × 2 × 1 m

22 | ohne Titel | 1998
Holz, Plastik, Papier besprayt, 3 × 2 × 1,5 m

23 | Hast Du den blauen Vogel gesehen? Jetzt ist er weg. | 1997
Gips, Holz

24 | den Rehen ähnlich | 1998
Holzrahmen verschraubt, Plastik, ca. 8 × 2 m

25 | Video «Montag» | 2012 | 2 Minuten

Das Video «Montag ist Waschtag» ist das Erste aus einer Reihe von bewegten Bildern. Der Ort und die Figuren sind einem Erinnerungsbild aus dem Alltag in meiner Kindheit nachgestellt, die Handlung ein Teil davon. Die Intensität, so meine ich, entsteht aus der Mischung des inszenierten Ortes und der daraus entstehenden Verschiebung einer Realität.

Idee und Regie	Renata Bünter	**SchauspielerInnen** **Kind**	Jael Saier
Aussicht gemalt	Rita Siegfried	**Grossmutter**	Hedy Messerli
Kamera	Norbert Kottmann, Christoph Lehmann	**Grossvater**	Vaclav Pozarek
Schnitt/Ton	Oliver Maag		

26 | Video «Martha die Magd» | 2011 | 9 Minuten

Das Video «Martha die Magd» ist ein Dokumentarfilm. Martha ist eine der Bettflaschenfrauen, die ich im Rahmen meiner Arbeit «Bettflaschengeschichten» kennenlernte. Der Film erzählt die damalige Geschichte mit ihr weiter, anhand von Briefwechseln, Fotos von gemeinsamen Ausflügen und Archivaufnahmen meiner Ausstellung in der Kunsthalle Bern 1996.

Idee und Regie	Renata Bünter
Kamera	Elisabeth Bünter, Karin Zimmermann, Renata Bünter
Schnitt/Ton	Renata Bünter, Christoph Lehmann

27 | ohne Titel | 2011
Gumprint/Monotypie, Ausschnitt, 19 × 55 cm, Privatbesitz

28 | ohne Titel | 2011
Gumprint/Monotypie, 37 × 47 cm

29 | M und J, 1 | 2011
Gumprint/Monotypie, 37 × 47 cm

30 | M und J, 2 | 2011
Gumprint/Monotypie, 37 × 47 cm

31 | ohne Titel | 2011
Gumprint/Monotypie, 37 × 47 cm, Privatbesitz

32 | M filmt J | 2011
Gumprint/Monotypie, 37 × 47 cm

33 | ohne Titel | 2011
Gumprint/Monotypie, 37 × 47 cm

34–37 | face a face | 2010
Gumprint/Monotypie, 37 × 47 cm

38–40 | ohne Titel | 2010
Gumprint/Monotypie, 37 × 47 cm

41 | ohne Titel | 2011
Gumprint/Monotypie, 37 × 47 cm

42–66 | Auswahl von Zeichnungen | 1997–2000
Bleistift, Kugelschreiber, Farbstifte auf Papier, 15 × 21 cm, S. 98 oben, Privatbesitz

67 | ohne Titel | 2006
Wandzeichnung Bleistift, grosse Figur ca. 1 m × 18 cm

68–92 | Auswahl von Zeichnungen und Texten | 2006–2012
Bleistift, Farbstift, Schreibmaschine auf Papier, Abbildungen in Originalgrösse
(15 × 21 cm bis 24 × 24 cm), S. 103 Privatbesitz

93 | ohne Titel | 1997
Bleistift, Ölkreide auf Papier, 50 × 70 cm

Ganz besonderen Dank an:
Matthias Lerf, Rosa und Jakob, Elisabeth Bünter,
Agnes Weber, Hélène Joye-Cagnard und V. G.

Für die finanzielle Unterstützung besten Dank an:
Kommission für Kunst und Architektur des Kantons Bern
Kultur Stadt Bern
Burgergemeinde Bern
Kunstmuseum Nidwalden
Josef Bünter AG